Das Seufzen des Priors
Kurzgeschichten

MORENA PELICANO

DAS SEUFZEN DES PRIORS

KURZGESCHICHTEN

Bibliografische Information der Deutschen Nationalbibliothek
Die Deutsche Nationalbibliothek verzeichnet diese Publikation in
der Deutschen Nationalbibliografie; detaillierte bibliografische Daten
sind im Internet über http://dnb.d-nb.de abrufbar.

© 2025 Morena Pelicano www.morenapelicano.ch
Lektorat: Michael Walther, Wattwil SG
Coverfoto: Morena Pelicano
Verlag: BoD · Books on Demand GmbH,
Überseering 33, 22297 Hamburg, bod@bod.de
Druck: Libri Plureos GmbH, Friedensallee 273, 22763 Hamburg

ISBN: 978-3-7693-5792-9

INHALT

VORWORT

DAS SEUFZEN DES PRIORS

In der Titelgeschichte wartet der Prior eines Sonntagnachmittags wieder einmal auf Gäste. Sie suchen das Kloster regelmässig heim, um mit den übriggebliebenen Brüdern und Schwestern zu beten, meditieren und diskutieren. Dem Prior macht in den letzten Minuten vor der Intrusion weniger die Verführung durch weibliche Gäste Angst als der Ausverkauf der gottgeweihten Stätte, die aufs zahlende Volk angewiesen ist, um zu überleben. Er haderte mit dem Schicksal, das ihm der Schöpfer auferlegte.

Die Autorin, Journalistin und Fotografin Morena Pelicano legt in ihrem neusten, reifen Werk eine Reihe rasanter, frecher, fulminant geschriebener Kurzgeschichten vor, die einerseits aussenstehenden Protagonisten gewidmet sind, die fast immer die Zwei (Drei oder Vier) auf dem Rücken tragen, oder in denen die Icherzählerin anderseits mit viel Ironie und Sarkasmus von der eigenen Selbstfindung und Introspektion berichtet – oder beichtet.

Da ist die Rede von Luca Gianni, einem erfolglosen Maler, der – nachdem er sich durch die ganze Stilgeschichte probierte – stets das gleiche Abstraktum kleckst. Damit aber kann sich der äusserlich durchaus ungepflegte Protagonist vorab bei der Damenwelt kaum mehr des Erfolgs erwehren. Vor einer besonders aufdringlichen Bewunderin vermag er sich am Schluss nur noch in den Keller der von der Stadt für seine besonderen Verdienste zur Verfügung gestellten Villa zu retten. (»Erfolg macht sexy«).

Ob Karin – sie lässt sich auf der Suche nach Liebe von Herrn Reinhard das ganze Ersparte abnehmen und landet in der Selbsthilfegruppe (»Die Asche des Lebens«) –, ob Hausbesetzer Roland, der eine Erbschaft annimmt, die Welt retten will, sein Erbe verprasst und schliesslich in kompletter Selbstüberschätzung und Umnachtung endet (»Der kapitalistische Wahn des Hausbesetzers«), oder Hauswirtschaftsleiterin Füchslin – sie läuft gegen den Sittenzerfall der jungen punkigen Mitarbeiterin Sturm, muss am Ende aber zugeben, jahrzehntelang vom Gatten betrogen worden zu sein (»Karl selig und die Rotzgöre«) –, oder Jean-Claude, der nach einem One-Night-Stand sein Hab und Gut veräussert und schliesslich vor der ebenso verschlossenen wie verlassenen mallorquinischen Villa der Angebeteten durchdreht (»Bügelnd in die Zukunft«): Immer beobachtet Morena Pelicano ihre Heldinnen und Helden nicht lieblos – aber doch ohne ihnen etwas zu schenken.

Die Icherzählerin wiederum umarmt Bäume, kontert die Werbebotschaften des glücklichen Alters mit einer rappenden Rollatorgang oder erlebt, dass die Nachbarin ihren neuen Liebling im Landidyll, den mitunter aggressiven Hahn, zu Suppe verarbeitet: Nie erfolgt die Glücksuche einfach, geschweige denn geradlinig.

In der Sprache glänzend und perfekt, geht Morena Pelicano auch bei den Rollenbildern einen erfrischenden, eigenen Weg. Ihre HeldInnen sind nicht woke; nicht mal immer sind die kunstvoll gezeichneten Rollenbilder politisch korrekt. Den indiskutablen Rollenbildern der Neokonservativen entsprechen sie schon gar nicht: Die offensichtlich lebenserfahrene und journalistisch erprobte Autorin zeichnet ihre Helden realistisch – zwischen Idealen und rückwärts zerrenden, zeternden Ideologien.

Morena Pelicano wuchs in der Ostschweiz auf. Die ausgebildete Journalistin und Fotografin lebt seit mehreren Jahrzehnten in Sutz am Bielersee. Sie veröffentliche bereits zahlreiche literarische Werke. »Das Seufzen des Priors« ist ihre besonders reife, überragende Textsammlung: Bei bester Unterhaltung, lässt sie einen ab und zu in die eigenen Abgründe blicken.

Michael Walther, Lektor, Autor, Wattwil SG. 18.2.25

1. DAS SEUFZEN DES PRIORS

Der Prior sass in seinem Büro und trank Coca Cola Zero. Er konnte seiner Gedanken nicht Herr werden. So sündig es war, er dachte: «Wären nur diese Weiber nicht!»

Es war Sonntagnachmittag, Anfang Mai. Die kleine Klostergemeinschaft – sieben Brüder und zwei Schwestern – musste finanziert werden. Sie machten es wie viele andere Klöster auch. Sie verkauften das Klosterleben.

Siebenhundert Franken für sieben Tage. Die Gäste konnten mit den Brüdern und Schwestern beten, meditieren und diskutieren. Und, das war entscheidend: Sie halfen bei der Wäsche, sie machten sich im Garten nützlich, reinigten die Fenster, saugten die Teppiche und wischten die Treppen. Denn Tatsache war auch: Der älteste Mönch war 96 Jahre alt. Der jüngste Bruder war vierzig. Er war der einzige Novize der vergangenen fünfzehn Jahre. Der Prior aber lebte schon seit dreissig Jahren im Kloster.

Er dachte mit Wehmut an die ersten zwanzig Jahre zurück, in denen er in stiller Einkehr die Tage mit Gebet und dem Bibelstudium zugebracht hatte. Im Schweigen hatten er und seine Mitbrüder gelebt. Die Tage vergingen im Gleichmass des Glockenklangs. Mit dem heiligen Eifer eines gottesfürchtigen Menschen hatte er sich diesem Leben hingegeben und hatte seinen Entschluss, sein Leben Gott zu weihen und in Keuschheit zu leben, nie bereut. Nun Ja – fast nie.

Der Prior warf einen Blick zur Wanduhr. Halb vier. In einer halben Stunde kamen die vier Gäste. Es war jedes Mal ein

Zweifeln an seinem Entschluss. Der Prior sehnte sich nach der Stille. Er wollte, wenn er ehrlich war, nichts oder nicht mehr viel von der Welt wissen. Er wollte nur am Morgen das «Vaterunser» beten, die Psalmen singen und im Buch der Weisheit lesen. Während dreier Wochen empfingen sie Besuch. In der vierten Woche waren die Brüder und Schwestern jeweils unter sich. Der Prior wünschte, die drei Wochen bereits hinter sich zu haben. Es führte jedes Mal zu Unruhe im Kloster, wenn die Gäste eintrafen. Jeder brachte sein weltliches Leben mit. Die Menschen waren gebunden an Arbeit und Familie, und sie erhofften sich Wunder von den sieben Tagen im Kloster. Die aber konnte er nicht bieten.

Während langer einundzwanzig Tage musste er sich seinem Schicksal beugen und den geduldigen Mönch spielen. Ja, er war wie ein Schauspieler, der seine Rolle perfektioniert und seinen Text auswendig gelernt hatte. An jedem Morgen dieser Tage flehte er Gott um die notwendige Geduld an, schlüpfte, mit ziemlich viel Widerwillen, in die braune Kutte und wurde zum Manager.

So vieles musste bedacht werden. Der Lebensmitteleinkauf. Die lästige Frage, was es wann zum Mittagessen gab. Wer Küchendienst machen konnte und wer für den Waschgang zuständig war. Jeder Gast brauchte einen Ansprechpartner, einen Mönch oder eine Nonne, die für ihn Zeit hatte und ihm oder ihr mit spirituellem Rat zur Seite stand.

Heute kamen zwei Frauen und zwei Männer. Grundsätzlich hatte der Prior nichts gegen das weibliche Geschlecht. Im Grundsatz. Doch in Wahrheit tat er sich sehr schwer damit, dass die Bruderschaft vor zehn Jahren den Entscheid gefällt hatte, zwei Schwestern im Kloster Heimat zu geben. Denn die weiblichen Gäste wollten sich lieber mit einer Schwester austauschen als einem Mönch. Sie bevorzugten den Rat von Frau zu Frau. Und – das gestand der Prior sich nur ungern ein – sie, die Besucherinnen waren, wenn es ums Kochen und Fensterputzen ging, weitaus geschickter als die Brüder und die Schwestern.

Ohne die zahlreichen weiblichen Hände, die den Staub aus den Ecken kratzten, den Sonntagsbraten spickten, abgesprungene Knöpfe wieder festnähten und das Kochgeschirr schrubbten, bis es wieder glänzend war, hätten sie, die Alten, den Klosterbetrieb nicht mehr aufrechterhalten können.

Die in die Jahre gekommenen Brüder und Schwestern konnten das Markusevangelium zitieren und mit noch ausreichend wohlklingender Stimme die Psalmen darbieten. Sie konnten schöne Geschichten aus längst vergangener Missionars- und Lehrerinnenzeit in Afrika zum Besten geben. Aber wenn es um die profanen Alltagsdinge ging, waren sie ziemlich hilflos.

Grundsätzlich, wie gesagt, hatte der Prior nichts gegen Frauen. Auch sie waren von Gott erschaffen. Doch sie brachten Unruhe ins Leben, die ihm besonders viel Geduld abverlangte. Die Männer, die zu Besuch kamen, fügten sich meist still und zurückhaltend in den Alltag ein. Sie waren anspruchslose Gäste, die den Brüdern und Schwestern einfach zuhörten, wenn sie während des Abendessens vom Klosterleben erzählten.

Aber die Frauen fragten schon beim Morgenessen, wie es war, wenn einem Gott begegnete. Sie wollten wissen, ob es dann ein besonderes Licht gab. Wie war es, wenn Gott zu einem sprach? Und wie genau musste man die zehn Gebote interpretieren? So viele Fragen. So viel Neugier. So viel Unruhe.

Der Prior blickte erneut zur Uhr. Ein Viertel vor. Er trank noch ein Glas Cola Zero. Dann atmete er tief durch. Auch diese erneute Prüfung würde er mit Gottes Hilfe durchstehen. Seit zehn Jahren managte er das Kloster nicht nur, weil er in enger Vertrautheit mit Gott lebte. Nein, er war der einzige Bruder, der diese Aufgabe bewältigen konnte. Vor schier unendlich langer Zeit, bevor er ins Kloster eingetreten war, hatte er in einem

Hotel gearbeitet. Da hatte er gelernt, sich auf die Bedürfnisse der Gäste einzustellen, um ihnen einen angenehmen Aufenthalt zu bescheren, und nebenbei die tausend Dinge zu organisieren, die es brauchte, damit das Essen pünktlich serviert wurde, die Bettwäsche ordentlich in den Schränken lag, die Zimmer glänzten.

Das Leben, das der Prior nun führte – wobei er still bei sich dachte, das Leben, das ihm aus finanziellen Gründen aufgezwungen worden war – gefiel ihm ganz und gar nicht. Ja, und in Augenblicken wie diesen, eine Viertelstunde vor dem Eintreffen der Gäste, fragte er sich, ob es denn keine Möglichkeit gab, wieder in die Beschaulichkeit des stillen Mönchslebens zurückzukehren.

Als er nach der Zeit als Novize das Gelübde abgelegt hatte, hatte er sich bereit erklärt, die Wege zu gehen, die Gott für ihn auserkoren hatte. Würde er zu seinem jetzigen Leben Nein sagen, würde er sich also Gott verweigern – er würde das Gelübde brechen. Bei all den Mühen und den Zweifeln, die ihn immer wieder überkamen: Sein Wort konnte er nicht brechen. Dann hätte er versagt. Und welches Leben könnte er schon noch führen, wenn er die Klostergemeinschaft verliess? Es waren Gedanken, die sich der Prior verbot. Denn sie führten zu nichts. Zu nichts als genau der gähnenden Leere, die ihn umfangen würde, wenn er die Klostergemeinschaft verliesse.

Nun sah er gottesfürchtig zum hölzernen Kruzifix auf, das die Wand über dem Sofa zierte. Der gekreuzigte Jesus begleitete ihn seit dreissig Jahren. In seiner Novizenzeit hatte er stundenlang ins Gebet versunken davorgekniet. Er konnte alles Weltliche vergessen und war ganz und gar eins mit dem Gekreuzigten. Welch gesegnete Zeit. Reich beschenkt vom Heiligen und von Gott geführt, kehrte der Novize jeweils wieder in den Alltag zurück. Sein Herz hatte jubiliert. Sein Gang war federleicht, seine Gedanken waren heiter und das Leben war gut und er war auf dem richtigen

Weg gewesen. Mit Stolz und Ehrfurcht hatte er damals die braune Mönchskutte getragen und jeden Tag mit glühendem Herzen die Gebete gesprochen und Gott für die Weisung gedankt.

Warum, oh Gott, konnte es nicht wieder so sein – wie es zu Anfang war, als es nur die Klostergemeinschaft gegeben hatte. Die Brüder, die mit ihm lebten und mit denen er über die grossen Fragen des Lebens disputieren konnte. Denn jeder Besucher, der ins Kloster kam, führte ihn schliesslich fort von seinem Weg zu Gott. Die meisten Männer, die einen Dreitagesaufenthalt im Kloster buchten, waren pensioniert. Sie hatten das Berufsleben erfolgreich gemeistert, Frau und Kinder ernährt. Sie suchten einfach Besinnung, unterhielten sich mit den Brüdern über ihre Neuorientierung, und dann gingen sie wieder, dankbar für die erlebte Zeit und den begonnenen Weg – und, mehr als davor, auf Gott vertrauend.

Mit den Frauen war das aber nicht so einfach. Vor allem mit jenen, die so zwischen vierzig und fünfzig waren – ohne Ehemann und ohne Kinder. Die vielleicht vollständig berufstätig, aber seit einigen Jahren auf einer spirituellen Suche waren. Was, fragte der Prior sich jedes Mal, suchten diese Frauen eigentlich?

Für ihn gab es nur zwei Möglichkeiten für Frauen. Das Gelübde ablegen und ins Kloster eintreten. Oder heiraten und sich mit Hingabe um Mann und Kinder kümmern. Aber das konnte er natürlich nur im Geheimen denken. Nicht auszumalen, was geschähe, wenn er seine Meinung bei einem Abendessen verkünden würde.

Der Prior hatte lange Jahre gedacht, er sei auch als Mönch aufgeschlossen und mit dem Zeitgeist unterwegs. Doch die Emanzipation der Frau hatte er verpasst. Und seine Stellung als Klostervorsteher verschaffte ihm dafür auch die nötige Autorität. Natürlich gab er sich Mühe, auch die Schwestern gleichberechtigt zu behandeln. Aber Fakt war: Sie durften nicht predigen und den Segen nicht erteilen. Diese Ordnung hatte ihm in den zehn

Jahren, in denen die Schwestern zur Klostergemeinschaft gehörten, Überlegenheit gegeben. Sein Wort war zwar nicht gerade ein Gesetz. Doch nach seinen Entscheidungen hatten sich die Brüder und Schwestern zu richten. Jedenfalls – er war es sich auch nach zehn Jahren nicht gewohnt, dass seine Gedanken zu Gott und dem Glauben hinterfragt wurden. Fünf Minuten vor jetzt. Er tat einen Stossseufzer, zupfte die Kutte zurecht.

Und heute? Vier Gäste erwarteten ihn: Zwei Pensionierte, eine Witwe – und dann eine von diesen Jungen. Mit stoppeligem Kurzhaar und grossen orangen Ohrringen. Der Prior seufzte schwer und ohne einen Laut. So eine Junge hatte ihm in seiner wankelmütigen Stimmung gerade noch gefehlt. Warum nur hatte Gott ihm dieses Schicksal auferlegt?

Der Erste, der sich vorstellte, war siebzig und ein passionierter Jäger. Er bringe eine grosse Kühlbox voller Rehfleisch mit, auch Wein habe er als Geschenk dabei. Er tue sich schwer mit dem Beten, weil er nie die richtigen Worte finde und er hoffe, dass ihn die Brüder und Schwestern diesbezüglich inspirieren können. Der andere Mann berichtete, er sei erst kürzlich pensioniert worden. Er sei verheiratet und habe Enkelkinder. Da er nun Zeit habe, möchte er sich gerne intensiv dem Bibelstudium widmen. Das sei aber nicht so einfach, wie er gedacht habe und er wünsche sich, dass er sich mit den Brüdern und Schwestern darüber austauschen könne. Die dritte Besuchende, eine Witwe, wiederum gab preis, dass ihr Mann vor einem halben Jahr gestorben sei. Ihre beiden erwachsenen Kinder hätten ihr den Klosteraufenthalt geschenkt, damit sie ein wenig zur Ruhe kommen und neue Kraft aus Gottes Wort schöpfen könne. So weit ihre Erwartungen.

Die Junge sass gelassen im Sessel. Sie spielte mit dem orangen Ring an ihrem Finger. Sie sei, begann sie, auf der Suche nach Antworten. Seit Jahren sei sie auf dem Weg. Doch Gott habe sie bisher nicht gefunden. Du wirst ihn auch hier nicht finden, dachte der Prior. Denn Gott lebt nicht in einem halbweltlichen Kloster, das sich für schnödes Geld verdingen muss. Er wirkt in der Stille. Und bei uns ist es fast so laut wie auf einem Bahnhof.

Als der Prior den Gästen die Zimmer zuwies, staunte er abermals, über den extrem grossen Koffer der Jungen. Was schleppte die denn alles mit? Im Verlauf der Woche würde sich das Rätsel lüften. Täglich kleidete sich diese Suchende in ein komplett neues Outfit. Mal erschien sie grellorange, dann giftiggrün und schrillpink im Speise- oder Gebetssaal. Und jedes Mal dazu passende Ohrringe, gross wie Unterteller. Sowie Schuhe, bei denen sich der Prior fragte, wo man denn so etwas überhaupt kaufen konnte. Er betete um Nachsicht.

Und er bat auch jeden Morgen beim Frühstück um Geduld. Warum konnte diese Gattung von – Entschuldigung – Weib nicht einfach in demütiger Stille das Honigbrot und Müesli essen? Warum mussten solche Menschen ihn schon in den frühsten Stunden ins Schwitzen bringen, etwa, indem sie wissen wollten, wie er Gottes Gegenwart spürte?

Beinahe hätte der Prior gesagt, wenn Gott ihm an ihrer Statt trauernde, schweigsame Witwen vorbeischickte. Stattdessen antwortete er: Im Gebet und in der Stille erlebe er des Schöpfers Gegenwärtigkeit.

Und ob es nicht frauenverachtend sei, dass Gott die Frau aus einer Rippe Adams erschaffen habe? Noch sechs Tage. Und kaum hatte der Morgen begonnen, betete der Prior schon zum zweiten Mal um Geduld und Nachsicht.

Es gehörte zum täglichen Klosterleben, dass sich die Brüder und Schwestern mit ihren Gästen um halb zehn zu einer Pause mit Kaffee und Keksen trafen. Die Junge? Trabte mit der Bibel in gerechter Sprache an und wollte ihm partout aus dem Lukas-Evangelium vorlesen – Kapitel 14, Vers 16 bis 22.

Das sei, sagte sie, doch ein Gleichnis über einen reichen Patriarchen, der – weil seine ebenso begüterten Freunde nicht zum Fest kamen – die Blinden, Tauben, Gelähmten und Aussätzigen in sein Haus holte. Hier handle es sich doch um ein Paradebeispiel... wollte sie wohl sagen. Weiter kam sie nicht, denn der Prior unterbrach mit schneidendem Ton, jetzt sei er nicht gewillt für einen bibelkritischen Disput. Jetzt sei Kaffeezeit.

Könnte er die Klostergemeinschaft nicht einfach zur strikten Stille einladen, überlegte der Prior, als er wieder an seinem Schreibtisch sass. Während sieben Tagen schweigend mit den Gästen zusammenleben. Striktes Schweigen. Die ganze Zeit kein Geschwafel aufmüpfiger Emanzen. Kein Keifen oder Ohrringgeklirre um halb acht. Einfach nur besinnliche, göttliche Stille.

Vertieft in diese Gedanken und für einen Moment von einer köstlichen Ruhe beseelt, dankte der Prior Gott für diese Idee. Er wollte sich gerade daran machen, ein neues Besucherreglement zu verfassen, da klopfte es laut und forsch an der Tür. In düsterer Vorahnung rief er: «Herein!»

Dieses Weib!

2. CHE GUEVARA HAT SICH NICHT VERLIEBT

Che Guevara wachte mit stoischem Blick über der Wohngemeinschaft. Eine Frau mit einem kahl rasierten Schädel und vier bleichgesichtige Typen sassen an einem wackligen und verschrammten Esstisch. Schweigend löffelten sie Teigwaren mit Ketchup. Neben der verkohlten Pfanne stand ein überquellender Aschenbecher. Alle hatten ein Bier vor sich. Die Frau starrte mich mit einem stechenden Blick an, trank einen Schluck, rülpste und wischte sich mit dem Handrücken über den Mund. Die Fünf hatten weder «Hallo» gesagt noch sich vorgestellt. Niemand bot mir einen Stuhl an. Ich zog einen heran und setzte mich mit einem Meter Abstand vom Tisch.

Vor vier Wochen hatte ich eine Stelle als Küchenplanerin angetreten. Jeden Morgen stand ich um halb fünf auf, pendelte mit dem Zug von der Ostschweiz in die Zürcher Agglo, damit ich um sieben Uhr am Schreibtisch sass. Das war mir zu anstrengend. Deshalb suchte ich nach einem WG-Zimmer, nicht für immer und ewig, nur für ein paar Wochen, bis ich eine Bleibe gefunden hatte. So kam ich an die Carmenstrasse in Zürich, in eine grosse Wohnung, in der die Kleider neben üppigen Staubflusen auf dem Boden lagen.

Es roch nach schmutzigen Socken und faulen Eiern. Trotz der schönen Abendsonne und einer Brise waren alle Fenster geschlossen. Die Fünf trugen schwarze Shirts, ausgeleiert und schmuddelig. Che Guevera blickte nachsichtig auf die schmatzende und rülpsende Truppe.

«Du bist ziemlich hässlich», sagte die Frau.

Tja, das konnte ich jetzt auch nicht auf die Schnelle ändern. Ich trug die schwarz gefärbten Haare sehr kurz, der Pony war violett, und am Hinterkopf hatte ich einen schmalen Zopf, der mir weit auf den Rücken reichte. Auf der rechten Kopfseite hatte ich mir erst tags zuvor beim Coiffeur ein Zickzackmuster rasieren lassen. Schönheit war Geschmackssache, und ich legte keinen Wert darauf.

«Deine Kleidung ist so ordinär.»

Ich warf einen Blick auf meine pinke Samtleggins mit den Flecken in allen Farben. Dazu trug ich eine schwarze ärmellose Bluse mit einem grossen Kragen. Ich fand meine Kleidung um einiges schicker als die der jungen Frau. «Wie müsste ich mich denn anziehen, damit ich dir gefalle?» Eine gewagte Frage, und ich war nicht besonders scharf auf die Antwort.

Die junge Frau starrte mich an, trank vom Bier, rülpste erneut und wischte sich schon wieder mit dem Handrücken den Mund ab. Die Typen hatten bis jetzt kein Wort gesagt. Ihr hypnotisches Starren wurde mir langsam unheimlich.

«Deine Klamotten sind bieder. Du siehst aus wie eine Tussi. Und ich steh nicht auf Tussen.»

Ich, eine Tussi? Das hatte mir bis jetzt noch nie jemand gesagt. Ich trug kein Make-up. Aber vielleicht störten sie die langen, durchaus gepflegten Fingernägel. Ich trug sehr elegante Sandalen, und vielleicht machten mich die rot lackierten Zehennägel zu einer Tussi.

«Du siehst überhaupt nicht geil aus», verkündete die Frau, während sie sich eine Zigarette drehte. Bis jetzt hatte ich mir noch keine Gedanken darüber gemacht, ob ich selbst Frauen sexy fand. Aber falls, dann sicher nicht kahlköpfig und rülpsend.

Es war am Mittag desselben Tages gewesen, als ich im Radio von diesem WG-Zimmer gehört hatte. Einzige Bedingung: Es musste eine Frau sein. Das war schon mal ein Vorteil. Besichtigen könne man das Zimmer am Abend. Ich war sehr zuversichtlich, denn ich war flexibel und anpassungsfähig. Dass ich schön und sexy sein musste, davon war im Radio keine Rede gewesen.

«Welche Zeitung liest du?»

Die Frage überrumpelte mich.

«Am Samstag lese ich den ‹Tagesanzeiger›.»

«Wir lesen ausschliesslich die alternative ‹Wochenzeitung›, denn wir sind keine Handlanger der Kapitalisten.»

Gierig zog die Frau an der Zigarette und starrte mich unverwandt an. Mit dem Kapitalismus hatte ich mich bis jetzt nie beschäftigt. Die Frau deutete meine Antwort als politisches Statement. Wieder einen Punkt verloren.

«Gehst du wählen?»

Ich fühlte mich wie in einem Verhör, hoffte aber immer noch auf das Zimmer.

«Nein», sagte ich, und das war die reine Wahrheit. Politik war etwas, das mich nun wirklich nicht interessierte.

«Das ist schon mal gut, denn wir unterstützen das korrupte System nicht.»

Meine Hoffnung auf das Zimmer bekam Aufwind.

«An welche Demos gehst du?»

Demos? Gehörte das jetzt auch zur Bewerbung? Etwas kleinlaut sagte ich: «Ich war noch nie an einer Demo.»

«Du bist ja politisch eine Null. Und du lieferst sicher deine Steuererklärung pünktlich ab.»

«Was spricht dagegen?», wagte ich mich vor.

«Was dagegen spricht? Du unterstützt ein politisches System, das den Reichen Geld in die Tasche spült und die Armen ausbeutet.»

Nun ja, darüber hatte ich mir bis jetzt, wenn ich die Steuerrechnung bekam, auch noch keine Gedanken gemacht. Langsam, aber sicher kam ich mir wirklich bieder vor.

«Trennst du deinen Müll?»

Zu verlieren hatte ich nicht mehr viel. Also antwortete ich mit Ja.

«Du bist ein totaler Bünzli! Müll trennen, wie kann man nur!»

Ich sah diskret zur Ketchupflasche. So was von ordinär.

«Wenn ihr so gegen das System seid, warum übergiesst ihr eure Teigwaren denn mit dieser roten Pampe?»

Die junge Frau zögerte etwas, bevor sie fragte: «Was hat Ketchup mit dem System zu tun?»

«Das ist Kapitalismus in Reinkultur. Che Guevara würde nie Ketchup kaufen.»

«Was weisst denn du über Che? Du hast doch keine Ahnung, wofür dieser Freiheitskämpfer sein Leben opferte.»

Das wusste ich tatsächlich nicht. Aber dann traute ich mich wieder einen Schritt vor. «Wer für die Freiheit kämpfte, kauft sicher kein Ketchup von den bösen Amerikanern.» Diese Weisheit hatte sogar mich, die fünfundzwanzig Jahre auf dem Land gelebt hatte, gestreift.

«Du bist sicher stockhetero. Ich mach's mit Männern und Frauen», wechselte die Kahlgeschorene das Thema. «Und wir haben in unserer WG alle Türen ausgehängt. Wir verstecken uns beim Ficken nicht. Wir sind nämlich nicht prüde wie die Bünzli und Mülltrenner. Hast du überhaupt schon mal vor anderen gefickt?»

Ich stellte mir vor, wie die schmuddeligen Typen auf die Toilette gingen, während ich am Duschen war. Langsam schwamm das Zimmer davon. «Manchmal schätze ich meine Privatsphäre.»

Die Frau starrte mich noch einen Zacken schärfer an. Höhnisch rief sie: «Privatsphäre! Wir sind ein Kollektiv. Wir unterscheiden nicht zwischen Privat und Öffentlich. Alles gehört allen.»

Das hatte ich mittlerweile begriffen.

«Wir legen auch alles Geld in eine gemeinsame Kasse. Jeder gibt, was er kann.» Das konnte nicht viel sein, wenn sie Teigwaren mit Ketchup assen und Billigbier schlürften. Ich stellte mir vor, wie ich in dieser Küche stand, Gemüse und Reis garte, Tofu briet und Salat anrichtete. Und wie die Fünf mit ausgehungerten Blicken gierig auf ihre Portion warteten.

«Wir sind Anarchisten.»

«Dann habt ihr keinen Mietvertrag und zahlt keine Miete?» Der Blick der Frau sprühte Funken.

«Was geht dich das an?»

Die Typen schwiegen und schwiegen. Chefin war definitiv die Frau.

«Wie müsste denn deine Mitbewohnerin sein?»

«Na, halt geil. Mit einem scharfen Body, langen Haaren. Und ohne Tussi-Zehennägel.»

«Es wäre nur für kurze Zeit.» Ich könnte ja im Badeanzug duschen, dachte ich.

Aber dann verkündete die Frau ihr Schlusswort: «Ich habe mich nicht in dich verliebt. Ich muss in jemanden verliebt sein. Sonst kann ich nicht mit dieser Person zusammenleben.»

Che Guevara zwinkerte mir zu, und ich fragte mich mit Unbehagen, ob die Fünf nun tatsächlich alle ineinander verliebt waren.

Che Guevara nickte.

3. MR. BIP, MEIN PHILO-SOPHIERENDER HAHN

Mr. Bip flatterte etwas verwirrt im Gehege. Sein schwarzweisses Federkleid glänzte. Stolz reckte er seine Brust, ruckelte einige Male mit dem Kopf, und dann krächzte er, laut und schrill, so wie es sich für einen richtigen Hahn gehörte. Zustimmend gackerten dabei die drei Hühner, die sich hinter ihm aufgereiht hatten. Mr. Bip und seine Entourage erkundeten ihre neue Heimat.

Nun war ich also stolze Kleinbäuerin. Ich wohnte in einem Chalet. Der Traum vom Landleben war Wirklichkeit geworden. Vor einem Monat hatte ich meine Umzugskartons in die Zimmer geschleppt. Am gleichen Abend entfachte ich ein Feuer im Herd und setzte mich auf den warmen Tritt des Kachelofens. Dabei dachte ich, wenn zum Bauernhaus schon ein Hühnerhaus gehörte, musste ich mir auch einige Hühner und erst recht einen Hahn anschaffen.

Als ich Myrtha, meine Nachbarin, eine tatkräftige Bäuerin, am nächsten Mittag über den Hof gehen sah, sprach ich sie an und fragte, wo ich denn das Geflügel herbekommen könnte. Sie wusste rasch Rat, und so gelangten die Tiere zu mir.

Als ich den Hahn so aufgeplustert sah, taufte ich ihn Mr. Bip, denn wie ein echter Mister stolzierte er durchs Gehege. Und so selbstüberzeugt wie Mr. Bip war auch ich. Trostloses Stadtleben, adieu. Auf Wiedersehen, graue Häuserfassaden. Tschüss, Autolärm. Willkommen, freie Natur. Hallo, gesegnetes Landleben. Gegrüsst seid ihr, Frieden und Stille. Na gut, von Mr. Bip einmal abgesehen.

Mein kleines Bauernhaus umfasste ebenfalls einen Garten. Da ich mir die Freuden des Gartenbaus nicht versagen wollte, radelte ich ins Nachbardorf, wo ich viele Setzlinge kaufte, Kopfsalat, Lauch, Kohlrabi, Zucchetti und Fenchel. Wieder zurück, stach ich mit dem Setzholz Löcher, legte die Pflänzchen hinein und bedeckte die Wurzeln mit der Erde meines neuen Daheims. Erstmals in meinem Dasein pflanzte ich mein Essen selbst. Mr. Bip beobachtete mich interessiert. Die drei Hühner scharrten im sandigen Boden.

«Hallo, Mr. Bip, wie geht es Ihnen denn so?»

Der Hahn guckte mich etwas verwundert an.

«Na, gefällt es Ihnen hier?»

Mein Mitbewohner ruckelte mit dem Kopf. «Ganz nett», schien er zu sagen.

«Das Leben ist doch herrlich», sprach ich weiter zu Mr. Bip. «Es meint es gut mit uns. Ich habe Zeit zum Gärtnern. Die Sonne macht den Frühling so fröhlich. Das Leben auf dem Land ist ein richtiges Abenteuer. Die Nachbarn sind freundlich, die Kuhglocken bimmeln echt lieblich.»

Der Hahn trippelte etwas näher an den Zaun. Er spreizte seine beeindruckenden Flügel und räusperte sich.

«Ja, es ist nett hier auf dem Land. Niemand, der sich an meinem Morgenkrähen stört. Und die Hühner hier sind auch ganz ordentlich.»

Behutsam zog ich einen Kopfsalatsetzling aus der Einkaufstasche.

«Das ist doch das wahre Leben», sagte ich zu Mr. Bip. «Salat setzen, die eigenen Lebensmittel anbauen und zurück zu den Wurzeln streben.»

«So ist es. Das Gute liegt ja direkt hier auf dem Boden», philosophierte mein schöner Hahn.

Nach solch einer tiefschürfenden Gesellschaft hatte ich mich in der Stadt immer gesehnt.

«Das wahre Leben führen und sich aufs Wesentliche konzentrieren – geht es nicht grundsätzlich darum?»

«Ja», antwortete Mr. Bip. «Dies genau ist der Punkt.»

Und so wurden Mr. Bip und ich gute Freunde. Nachmittags, wenn die Frühlingssonne ihre Kraft entfaltete und ich im Garten vor mich hin werkelte, unterhielt ich mich mit ihm. Nur die drei Hühner waren sehr schweigsam und obwohl ich auch ihnen einen Namen gegeben hatte, Pierina, Sabinchen und Paulina, kam ich mit ihnen nicht ins Gespräch. Aber während ich zum Beispiel Löwenzahn ausriss und die Setzlinge goss, schaute ich immer wieder mal zu Mr. Bip und liess ihn meine Gedanken wissen. So ein schönes Tier und so interessant.

Myrtha hatte wohl gesagt, Hühner seien Haus- doch keine Kuscheltiere, denen gebe man keine Namen. Als ich ihr mitgeteilt hatte, dass mein Hahn auf den Namen Mr. Bip hörte und auch seine drei Hühner nicht inkognito herumgackern mussten, hatte sie nachsichtig gelächelt.

Mr. Bip habe doch auch eine Seele, hatte ich Myrtha zu überzeugen versucht. Der sei ebenfalls manchmal betrübt, und wenn ich mit ihm rede, stellten sich wieder sein Stolz und seine gute Laune ein.

Ich solle nicht zu viel hineininterpretieren, hatte da die erfahrene Landfrau gemahnt. Hier gebe es auch Füchse und Marder zuhauf. Man wisse nie. Die holten sich halt, was sie wollten. Ich solle mein Herz besser nicht zu sehr an diesen Mr. Bip hängen.

Myrtha hatte nicht ganz Unrecht gehabt. Obwohl die Hühner die Eier legten und sie das erste Standbein meiner Selbstversorgung waren, galt meine grenzenlose Bewunderung Mr. Bip.

Für sein Gefolge hatte ich zwar lobende Worte, wenn ich die Eier aus dem Stroh nahm. Aber Mr. Bip war eben nicht nur ein stolzer, er war auch ein wunderschöner Hahn. Er und ich waren nicht gerade Seelenverwandte. Aber er hatte mein Städterherz im Nu erobert.

Mein Landleben verlief in ruhigen Bahnen. Wegen meiner Erwerbsarbeit stand ich erst spät am Morgen auf. Dann brühte ich mir einen Kaffee, griff nach der Zeitung und setzte mich in einen Liegestuhl unter den blühenden Zwetschgenbaum. Auf der Wiese nebenan grasten die Milchkühe. Die Amsel hatte zwar ihr Morgenlied längst gesungen. Dafür waren die Sträucher voller Hummeln. Myrthas Katze streifte durchs Unterholz. Ein Traktor knatterte fern. Irgendwo bellte ein Hund. Es war die Geräuschkulisse eines ganz gewöhnlichen Tages auf dem Land. Ich kam nicht umhin zu denken, hier ist die Natur so friedlich. Alles ging ineinander über.

Es war nicht wie in der Stadt, wo im Minutentakt die Autos hupten oder die Eisenbahnen auf den Geleisen quietschten. Und beim Einkaufen lag einem das pseudofreundliche Geplapper der Aktionsansagen in den Ohren.

Ich legte die Zeitung nieder. Der Augenblick war zu schön, mich mit den Problemen der Welt zu befassen. Während ich meinen Kaffee austrank, schaute ich weiter zu, wie Mr. Bip und die drei Hühner den Sand durchforschten. So friedvoll würde es von nun an immer sein. Genauso kann man sich auch irren. Als die Abendsonne richtig kitschig orange am Horizont leuchtete, machte ich mich wieder auf den Weg zur Arbeit. Ich winkte Mr. Bip, der über den Hofplatz stolzierte, einen Abschiedsgruss nach. Hätte ich etwas geahnt, ich hätte ihn und seine drei Hühner in den Stall eingeschlossen.

Ich arbeitete hinter einem Restauranttresen und kehrte jeweils erst um zwei Uhr am Morgen von der Schicht zurück. Am nächsten Morgen schlief ich erstaunlich lange. Irgendetwas, schien mir, war heute anders. Es fehlte etwas.

Doch ich kam nicht darauf. Es war kein Tag zum Draussensein. Regen prasselte aufs Dach. Ich trank meinen Aufwachkaffee in der Küche. Es hatte ein Herdfeuer gebraucht.

Bei der Zeitungslektüre dachte ich nicht mehr darüber nach, was heute anders sein könnte. Mittags klopfte es an der Haustür. Es war Myrtha, die mich fragte, ob ich einen Teller Suppe möchte. Aber sicher. Ich schlüpfte flink in meine Schuhe und ging zu meiner Nachbarin hinüber, wo es in der Küche wunderbar nach Holzfeuer, Sellerie, Kohl und Zwiebeln duftete.

Myrtha war eine gute Köchin. Sie war eine Meisterin des schnellen Zubereitens eines Mittagsmahls. Die schwarze Feder auf dem Küchenboden beachtete ich nicht weiter. Meine Nachbarin schenkte mir ein Glas Apfelsaft ein. Sie erkundigte sich, wie es bei der Arbeit laufe und ob ich mich schon gut eingelebt habe.

Ich erzählte ihr, dass ich den Garten bepflanzt hatte und mich dabei stets kräftig mit Mr. Bip unterhielt.

Myrtha schnitt Brot in Scheiben und schöpfte Suppe in die Teller. «Guten Appetit», wünschte sie.

Im Teller lagen der Sellerie, der Kohl, die Zwiebeln und Karotten. Und etwas, das ich nicht bestimmen konnte.

«Guten Appetit», sagte auch ich und fischte mit dem Löffel nach einem Selleriestück. Doch plötzlich gefror meine Bewegung. Böses dämmerte mir. Ich starrte zu Boden und sah mir nochmals die Feder an. Schwarz. Myrtha besass doch weisse Hühner. Die Suppe, als ich sie schliesslich probierte, schmeckte würzig. Ich biss auch vom Brot ab, das Myrtha stets selbst im Holzofen buk. Dann blickte ich wieder das undefinierbare Teil in meinem Teller an. «Hast du ein Huhn gekauft?», fragte ich meine Nachbarin.

«Nein», erwiderte sie, «ich war heute nicht in der Stadt».

Auch in Myrthas Teller lag so ein undefinierbares Stück.

«Hattest du noch ein Suppenhuhn in der Kühltruhe?»

«Nein», sagte Myrtha wieder, «es ist ein frisches Huhn».

Aha, also doch ein Huhn.

Wieder unterzog ich die Feder auf der Diele meinen Blicken. Ein Huhn. Gut.

«Und welches war es», fragte ich, weil ich nicht stumm vor meinem Teller sitzenbleiben und weiteressen wollte. «Lotti? Christa? Oder Käthi?»

Myrtha schöpfte einen Löffel Gemüse und kaute.

«Es war keines von meinen.»

Auch ich hatte gerade etwas Kohl und Karotte zu mir genommen. Langsam, ganz langsam gelangte Bewegung in meine Gedanken.

Myrtha hatte auch Hühner, aber sie hatte ihnen nie Namen gegeben. Da ich doch irgendwie romantisch veranlagt und der Überzeugung war, dass Haustiere einen Namen benötigten, teilte ich auch ihren drei Hühnern einen Namen zu.

Nun drehten meine Gedanken plötzlich rasend schnell. Ja, heute Morgen war etwas anders gewesen. Jetzt wusste ich auch, was, und ebenso, was ich da zum Mittagessen zu mir nehmen sollte.

Ich legte meine Gabel neben den Teller.

«Ist das hier...?»

Nein – das konnte doch nicht sein.

Und doch war mir jetzt klar, warum ich heute Morgen so lange geschlafen hatte. Mr. Bip hatte mich nicht aufgeweckt. Er hatte nicht gekräht.

«Ist das... Mr. Bip?»

«Ja, das ist Mr. Bip. Er ging gestern Abend auf meinen kleinen Jungen los und pickte ihn ins Gesicht. Ein Hahn, der aggressiv ist, wandert in den Suppentopf.»

Myrtha sagte das ohne eine Spur von Bosheit. Es war die nüchterne Feststellung einer praxiserfahrenen Bäuerin und Hühnerhalterin. Da schwamm die Seele meines stolzen Hahns im Suppenteller. Betrübt blickte ich zur schwarzen Feder am Boden.

Das war es also, was von meinem schönen Tier noch übrig war. Eine Feder und ein Topf mit Suppe.

Meine romantische Vorstellung vom friedlichen Landleben bekam einen kräftigen Knacks. Tschüss, Mr. Bip. Ruhe in Frieden, im Hühnerhimmel.

Oder musste ich sagen: Im Suppentopf?

4. DER SÜNDIGE GERUCH
DER BÖSEN LÜSTE

Im Schein der Strassenlaternen standen die Huren und warteten auf ihn. Nur auf ihn. Jede kannte sein Auto, und jedes Mal nahm er sich eine andere. Die Auswahl war gross, und während er noch überlegte, welche er heute wollte, hörte er die Stimme Gottes, die ihn ermahnte. «Darum tötet alles, was zu eurer irdischen Natur gehört: sexuelle Unmoral, Schamlosigkeit, Leidenschaft, böse Lüste und Habgier, die Götzendienst ist.» (Kolosser 3,5)

Den ganzen Tag hatte ihm Satan mit verführerischer Stimme zugeflüstert, sich zu nehmen, wonach er begehrte. Bereits am Morgen, als er wie jeden Tag eine halbe Stunde in der Bibel gelesen hatte, hörte er das Säuseln des Teufels. Und er betete mit zitternder Stimme: «Führe mich nicht in Versuchung, sondern erlöse mich von dem Bösen.» Er hatte Gott angefleht, ihn vor der nächsten Sünde zu bewahren. Doch der Herr hatte ihn nicht erhört. Der Allmächtige war zornig, hatte sich von ihm abgewandt und überliess ihn den Fängen Satans.

Am Mittag, als er Pause hatte, war er in den Andachtsraum geflüchtet, kniete vor dem Kreuz nieder, schwor Gott ewige Treue und wollte mit aller Macht dem Säuseln widerstehen. Doch als er sich aufrichtete, sah er die Huren vor sich, wie sie ihn lockten, mit ihren kaum bedeckten Brüsten und den Hintern, die sie so schamlos in die Nacht reckten. Mächtig waren die Bilder, und sie machten seine Gebete kraftlos und schwach. Er konnte sich kaum auf seine Arbeit konzentrieren.

Am Feierabend eilte er zu seinen Brüdern und Schwestern. Sie lasen in der Bibel, so wie jeden Mittwoch und Freitag. Sie bekannten sich zu ihren Sünden, und er gestand zerknirscht, dass er heute mit einem Mitarbeiter sehr ungeduldig gewesen sei, und bat Gott um mehr Geduld.

Kaum hatte er den Automotor gestartet, hörte er die Stimme Satans. Nicht flüsternd und säuselnd, nein, jetzt rief er ihn laut und mit gebieterischer Stimme. Er versprach ihm süsse Erlösung von seiner marternden Qual. Warum konnte er dieser Stimme und dieser sündigen Lust nicht widerstehen?

Dass er in einer Freikirche war, hatte er nie hinterfragt. Schon als Kind hatte er zusammen mit seinen Eltern und Geschwistern den Gottesdienst besucht. Heute arbeitete er in einem Betrieb, in dem alle Mitglieder der Gemeinde waren, denn sie wollten auch bei der Arbeit Gott nahe sein. Sie hörten kein Radio, schauten nicht fern und lasen auch keine Zeitungen, weil sie sich nicht mit weltlichen Dingen beschmutzen wollten. Ein Leben ausserhalb dieser christlichen Familie war für ihn schlicht und einfach nicht vorstellbar.

Er war ein geschätztes Mitglied in der Gemeinschaft. Wenn sie über ihre Verfehlungen und Sünden sprachen, war er derjenige, der mit Inbrunst verkündete, dass das Bekenntnis zu Gott ein wahrer Schutzschild sei, der vor allem Bösen behütete. Er war es, der Gottes Allmacht am lautesten pries. Mit glühendem Eifer ermahnte er seine Schwestern und Brüder, den teuflischen Verlockungen zu widerstehen und keine Sekunde ins Wanken zu geraten. Gott sei die allmächtige Kraft, die einzige Kraft, die stärker sei als Satan.

Das erste Mal, als ihn diese Gier packte, war er sechzehn gewesen, hatte sich noch nie rasiert, sah aus wie ein dreizehnjähriger, kaum einen Meter fünfundfünfzig und mit quäkender Stimme. Nur dieses eine Mal, hatte er gedacht. Wenn er es einmal ausprobiert hatte, würde die Lust, die ihn jeden Tag in Besitz nahm, verschwinden und ihn aus der Gefangenschaft entlassen. Gott würde ihm diesen kleinen Fehltritt verzeihen. Er könnte als geläuterter Sünder vor ihn treten.

Am Eingang des Bordells musste er seinen Ausweis zeigen, setzte sich beschämt in eine Nische und trank eine Cola. Der Anblick der Huren versetzte ihn in einen Rausch. Brüste und Hintern kannte er nur aus dem Pornomagazin. Eine Hure kam zu ihm, legte ihre Hand auf seinen Schritt und sagte einen Preis. Nur dieses eine Mal.

Zehn Jahre später stolperte er immer noch über die teuflischen Fallstricke. Auf dem Weg zu den Huren raubte ihm die Gier nach nacktem Fleisch die Sinne. Wenn der Teufel die Huren nicht erschaffen hätte, müsste er nicht diese entsetzlichen Qualen erleiden. Sie warteten auf ihn, nur auf ihn. Jedes Mal, wenn er Erlösung gefunden hatte zwischen den Beinen einer Hure, war er voller Reue, schrie seine Ohnmacht hinaus in die finstere Nacht.

In der Freikirche war Sex vor der Ehe und dann noch mit einer Hure eine Tod und Verderben bringende Sünde. Er hatte das nie in Frage gestellt, und gegen aussen spielte er den keuschen Gläubigen. Wenn er stark war, schaute er sich nur die Fotos in den Pornozeitschriften an, guckte nur und widerstand dem Drang, in die Stadt zu fahren. Doch dann überkam ihn die Gier jeweils wieder umso heftiger. Er schleuderte die schmutzigen Bilder, die ihn so erregten, in eine Ecke. Er griff nach dem Autoschlüssel und raste mit fiebriger Erwartung durch die Dunkelheit.

Nach seinem ersten Mal wollte er sich seinen Brüdern und Schwestern anvertrauen. Er wollte wieder rein werden und die Lüge, ohne Fehl und Tadel zu sein, aufdecken. Doch bei diesem Gedanken überfiel ihn eine lähmende Angst. Sein Herz setzte einen Schlag aus. Kalter Schweiss rann ihm den Rücken hinunter.

Er würde alles verspielen, was in seinem Leben so wichtig war, die Gemeinschaft mit seinen Brüdern und Schwestern.

Jeden Samstagabend leitete er die Jugendgruppe der Freikirche. Er organisierte Wanderungen und Feldgottesdienste. Sein Ruf war tadellos – ein treuer Diener Gottes, ein vorbildlicher Christ, betet vor jeder Mahlzeit, rauchte und trank nicht, spielte im Gottesdienst Gitarre. Für jedes Problem konnte er die passende Bibelstelle zitieren, und wenn er die Worte sprach, leuchteten seine Augen, und er versäumte es nie, seinen Schwestern und Brüdern zu sagen, dass er sie in seine Gebete aufnahm.

Sechsundzwanzig war er gewesen, und die Gemeindeältesten hatten ihn immer wieder zur Seite genommen und gesagt, er müsse endlich heiraten. Doch davor grauste es ihm, denn die Frauen in der Gemeinde sahen aus wie Vogelscheuchen auf dem Feld. Wenn er verheiratet wäre, könnte er nur dann Sex haben, wenn seine Ehefrau schwanger werden musste, denn die Gemahlinnen waren dazu da, ihrer einzigen Bestimmung, dem Muttersein, nachzukommen. Das einzige Hindernis, Vater zu werden, waren die Tücken der Natur.

Immer wieder fuhr er in weit entfernte Städte, streunte herum, bis er fand, wonach er suchte, traf ganz gewöhnliche Frauen, meist älter als er, die nicht lange fackelten und ihn willig mit in ihre Wohnungen nahmen. Da sass er dann auf dem Sofa, fummelte ungeschickt herum, vermied es, sie zu küssen, denn davor ekelte es ihn. Sie zogen sich aus, er auch, dann lagen sie im Bett, und er blieb schlaff. Mehr als ein Dutzend Mal war er in jüngeren Jahren herumgestreunt. Keine hatte es geschafft, und die Blamage war unerträglich. Wie nur würde er diese niederschmetternde Tatsache in einer Ehe unter dem Deckel halten können? Er war, so absurd das klang, impotent, wenn er nicht auf dem Weg zu den Huren war. Aber eines wusste er so sicher wie das Amen in der Kirche, der Tag, an dem er als Bräutigam im Bett lag, würde kommen. Und dann? Ihm wurde schlecht, wenn er sich das Szenario vorstellte.

Im Schritttempo fuhr er die Strasse entlang und starrte die Huren an, so wie immer, fasziniert von dem, was sie ihm versprachen und gleichzeitig angeekelt von der Tatsache, dass er ihnen nicht widerstehen konnte. Wieder hörte er die donnernde Stimme Gottes, und wieder flüsterte Satan von der Erlösung – und nichts sehnte er mehr herbei. Wie immer war auch heute die Stimme Satans ein köstliches Versprechen, war süss und leicht und doch verboten, und er war schwach und trat auf die Bremse und fragte durch das geöffnete Seitenfenster: Wieviel?

Die Hure beugte sich zu ihm hinüber. Er sah ihre Brüste. Der Duft der Sünde lullte ihn ein, und er sagte Ja, und sie stieg ein und legte ihre Hand auf seine Erektion, und als es vorbei war, nach fünf atemlosen und keuchenden Minuten, jagte er sie aus dem Auto, schickte sie zum Teufel. Mit diesem schalen Geschmack des Verbotenen im Mund fuhr er durch die Nacht nach Hause. Nie war es schön. Nie gab es Zärtlichkeiten oder Umarmungen, bloss ein hektisches Stossen auf zurückgekippten Autositzen, ein wütendes Sichnehmen. Er war wütend – auf die Hure, der er heute erlegen war, auf sich und auf Gott, der ihn nicht vor der Sünde bewahrt hatte. Oh, Gott, schrie er in die endlose Finsternis hinaus: Warum hast du mich verlassen? Warum wendest du dein gütiges Angesicht ab von mir? Verzeih mir, Allmächtiger, breite deine Arme über mir aus und segne mich.

Seine Reue kam aus tiefstem Herzen, und seine Seele blutete wie jedes Mal, wenn er zurückfuhr. Jede Träne brannte dabei wie glühende Kohle auf seinen bartlosen Wangen. Er schrie Satan an, und als er dessen säuselnde Stimme hörte, wie er ihn wieder lockte, wie er ihm wieder Himmel und Erlösung versprach, schüttelten ihn die Schluchzer. Und er schwor sich, nie wieder diesem

Flüstern zu erliegen. «Führe mich nicht in Versuchung, sondern erlöse mich von dem Bösen.»

Zwei lange Tage widerstand er dem Versprechen. Als er in sie stiess, heftig und grob, als die Schlingarme Satans ihn gefangen hielten, verfluchte er seinen Gott, der das Weib erschaffen hatte. Wieder fuhr er los. Im Rückspiegel sah er, wie die Huren am Strassenrand standen und warteten, und jede wusste, dass er wieder kommen würde.

5. DER KAPITALISTISCHE WAHN DES HAUSBESETZERS

Roland sass auf einer Parkbank. Der Novemberwind fegte durch seine dünne Jacke, die er für zehn Franken im Brockenhaus gekauft hatte. Die Sohle seiner Schuhe war dünn, die Füsse waren eiskalt. Er nahm den letzten Schluck Wein, rauchte die letzte Zigarette, klaubte das Münz aus der Hosentasche. Drei Franken, sein ganzes Vermögen. Nichts Neues. Seit seinem fünfzehnten Lebensjahr war er als vollberuflicher Hausbesetzer in Aktion. Mit seinen Fünfundfünfzig war er ein Veteran. Von der alten Garde war niemand mehr dabei. Diese Verräterinnen! Diese schamlosen Nutzniesser des Kapitalismus! Er war sich treu geblieben. Hatte seine Ideale nicht dem schnöden Mammon geopfert.

Vor einigen Wochen war seine Mutter verstorben. Die Bauerntochter aus dem Emmental hatte vier Schlankheitsinstitute aus dem Boden gestampft. Roland war der einzige Erbe. Doch sollte er das Geld annehmen? Es stammte von Pharmamultis, Lebensmittelkonzernen, Rohstofffirmen. Gegen all diese geldgierigen Profiteure hatte er ein Leben lang demonstriert. Sie waren die Pest, eine betrügerische Bande, die horrende Boni einsackte und die Habenichtse bis zum letzten Bluttropfen aussaugte. Wenn es nur ein paar tausend Franken gewesen wären, hätte er mit grosser Geste darauf verzichtet. Es waren aber nicht ein paar lumpige Fränklein, nein, es war eine satte halbe Million.

Als die ersten eiskalten Regentropfen fielen und seine Füsse noch kälter wurden, dachte Roland, dass er mit diesem Geld viel

Gutes tun könnte. Dies war vielleicht die letzte Nacht, die er auf einer modrigen Matratze in einem besetzten Haus schlief.

Als er einige Tage später die marmorne Vorhalle der Bank betrat und sich zweitausend Franken auszahlen liess, wusste er, dass er zu Grossem berufen war. Das war seine Chance, die Welt für alle vom System ausgespuckten Menschen zu einem besseren Ort zu machen. Er besuchte seinen Dealer und kaufte eine extra grosse Tüte Gras. Beschwingt von tausend Ideen quartierte er sich in der Wohnung seiner Mutter ein. Zum ersten Mal seit vierzig Jahren war es angenehm warm, als er sich, ebenfalls eine Premiere, seit er fünfzehn gewesen war, in ein richtiges Bett legte.

Langsam entwickelte er eine Tagesroutine. Schlief bis am Mittag. Nahm ein sehr belebendes Bad. Rauchte einen Joint. Bestellte beim Pizzabäcker eine extra Grosse, eine Flasche Weisswein, Tiramisu und Zigaretten. Nach dem Essen war er angenehm müde, machte ein ausgiebiges Nickerchen. Abends um zehn wieder Pizza, diesmal mit einer Flasche feinem Rotwein. Um Mitternacht setzte er sich an den Tisch und begann, seine Ideen aufzuschreiben. Er versank in einem wunderbaren Rausch. Füllte Dutzende Notizblätter mit seinen Gedanken, schrieb sozialpädagogische Abhandlungen über die Integration von Langzeitarbeitslosen und Jugendlichen, die sich in der kapitalistischen Welt nicht zurechtfanden.

Nachdem die Wohnung zwangsgeräumt worden war, weil er seit drei Monaten die Miete nicht bezahlt hatte, gönnte er sich einige freie Tage und bezog in einem Fünfsternhotel eine Suite mit Whirlpool und Fumoir. Dieser Ort verlangte eine standesgemässe Garderobe. In der Hotelboutique wurde er sehr kompetent beraten. Nun konnte er sich wieder mit voller Energie seinem Projekt widmen. Er wollte einen echten alternativen Treffpunkt ins Leben rufen. Zuerst dachte er, dass er irgendwo in der Stadt eine Liegenschaft mieten könnte. Aber irgendwie war ihm das zu mickrig. Selbst bauen, ein Minergiehotel, in der Toskana. Mit Biohof, Getreideanbau, einer Mühle, Bäckerei. Ziegen, Schafen, Schweinen, Hühnern und Gänsen. Dreissig Zimmer, mitten in einem Olivenhain. Eine Timeoutstation für Jugendliche, die die Kurve nicht gekriegt hatten. Mit einem Tagungssaal, mit internationalem Publikum. Workshops über Kreislaufwirtschaft, über alternative Lebensentwürfe, über eine Gesellschaft, die Tauschhandel betrieb, über alternative Medizin. Buddhistische Meditation und mit einem Yogalehrer aus Indien.

Roland lebte wie im Fieber. Er bekam nichts mehr mit davon, was draussen in der Welt passierte. Seine Suite verliess er nicht mehr. Der Dealer lieferte diskret. Die Hotelrechnung bezahlte er mit der Kreditkarte. Er war in einem Schaffenswahn, schrieb eine Presseerklärung. Telefonierte mit Sozialämtern und Auffangstationen für Jugendliche, blieb in der Warteschlaufe hängen. Stellte eine Sekretärin an, die seine Konzepte tippte, liess sie hundert Mal ausdrucken, kontaktierte eine Firma, die Grundstücke in der Toskana verkaufte. Schickte das Konzept in die Welt hinaus. Wartete auf begeisterte Antworten. Erstellte einen Finanzplan für die Bank. Dachte, dass das spielend über die Bühne ging. Bestellte sich, von seinen eigenen Ideen schon total besoffen, Champagner und Hummer. Die Jahreszeiten zogen an ihm vorbei.

Er wusste nicht mehr, ob es Winter oder Sommer war. Er schlief tagsüber und schrieb in der Nacht. Er rauchte einen Joint nach dem anderen. Nach zwei Jahren war das geniale Werk vollbracht. Roland gönnte sich eine Massage, ging zur Rezeption, zückte seine Kreditkarte, gab seine PIN ein, und dann wurde er aus seinem Rausch hinausgeschleudert und starrte aufs Lesegerät, das ihm eiskalt mitteilte, dass er exakt noch zwanzig Franken auf dem Konto hatte.

Der Direktor bedauerte, ihm mitteilen zu müssen, dass es das nun gewesen war. Roland war erschüttert, und sagte, dass es da mit seiner Bank ein Missverständnis gebe. Höflich, aber bestimmt wies der Hoteldirektor ihn an, die Suite zu räumen.

Roland packte seine standesgemässe Garderobe in eine Plastiktasche, die ihm das Hotel freundlicherweise zur Verfügung stellte, und zog von dannen, aber nicht, ohne dem Direktor in sehr lautem Ton dessen asoziale Haltung kundzutun. Der Securitas-Mann begleitete ihn bis nach draussen.

Mit entschlossenen Schritten, auch diese Kleinigkeit postwendend aus der Welt zu schaffen, begab er sich zur Bank und erklärte der Frau am Schalter, dass es da ein Missverständnis gebe. Sie tippte seine Daten ein, druckte einen Beleg aus, schob ihn zu Roland, und da hatte er es schwarz auf weiss: zwanzig Franken.

Die Panik erschwerte ihm das Atmen. Er fragte, ob er einen Vorbezug machen könnte, die Frau verneinte. Roland wollte den Direktor sprechen. Der war nicht im Haus. Der Exhausbesetzer verlor die Contenance, fluchte laut und rief, er sei ein angesehener Kunde, das lasse er sich von diesen kapitalistischen Halsabschneidern nicht gefallen, er werde rechtliche Schritte einleiten. Zwei Männer vom Sicherheitsdienst packten ihn an den Ellbogen und beförderten ihn an die frische Luft. Da stürzte sich die Realität wie eine blutgierige Bestie auf ihn.

Roland setzte sich auf eine Bank im Park, musste frustriert feststellen, dass er kein Gras mehr hatte. Also eilte er zum Billigdiscounter und kaufte sich zwei Flaschen Kochwein, und als er wieder auf der Bank sass, hatte er zum ersten Mal nach zwei Jahren keine Idee, keinen Plan, nur gähnende Leere in seinem Kopf. Der Abend kam mit einer sanften Dämmerung, sachte fielen die Regentropfen.

Roland musste eine Entscheidung fällen. Er konnte die Nacht nicht im Freien verbringen. Für eine Pension hatte er zu wenig Geld. Die Notschlafstelle erschreckte ihn. Gekleidet in seine standesgemässe Garderobe irrte er durch die Stadt. Völlig durchnässt stand er vor dem Männerheim der Heilsarmee. Was blieb ihm anderes übrig?

Er trank die zweite Flasche Wein aus, fühlte sich etwas leichter und heiterer, trat ein und fragte mit neu gewonnenem Selbstvertrauen, ob noch ein Bett frei sei. Die Dame am Empfang bejahte, erklärte ihm die Hausregeln und sagte, es gebe Linsensuppe.

Mit zwanzig Männern, denen das Leben auf der Strasse eine Maske von Frustration und Resignation über das Gesicht gestülpt hatte, sass Roland am Tisch und löffelte Suppe. Er lockerte seine Krawatte und sagte mit seiner vornehmsten Stimme, es sei kein Hotelzimmer frei gewesen. Die Männer nickten. Da begann er, von seinem Projekt zu reden, von seinem Grundstück, der Kaufvertrag müsse nur noch von ihm unterschrieben werden. Die Männer nickten. Roland nahm noch eine Portion Linsensuppe und sagte, dass es doch nichts Vortrefflicheres gebe, als eine einfache Mahlzeit, mehr brauche er nicht, und er sei nur für diese Nacht hier. Die Männer nickten, gingen nach draussen und rauchten.

Roland hatte keinen Tabak mehr. Doch wenn er eine Zigarette schnorrte, würden die Männer Bescheid wissen. Zum ersten Mal in seinem Leben war die Welt kein angenehmer Ort mehr.

Nach einer schlaflosen Nacht musste er morgens um neun das Männerheim verlassen. Mit ausholender Geste überreichte er der Dame am Empfang sein Konzept und sagte, es sei bereits alles in trockenen Tüchern. Die Dame wünschte ihm einen angenehmen Tag.

Roland nahm seine Plastiktüte und wusste nicht, was er jetzt machen sollte. Es regnete, es war kalt. Er hatte nichts zu rauchen, keinen Wein, der den Tag freundlich machte, er musste irgendwie zu Geld kommen. Da kam ihm die Idee, dass er sein Konzept auf der Strasse verkaufen könnte. Er stellte sich unter den Glasbaldachin beim Bahnhof. Holte das Schriftstück heraus. Sprach eine ältere Dame mit einer auffallend grossen Tasche an.

Roland sagte, er sei Projektleiter und habe sich entschlossen, sein Konzept abseits des Mainstreams unter die Leute zu bringen. Ein Unkostenbeitrag von fünf Franken wäre ihm sehr willkommen. Die Frau starrte ihn einen Moment erschrocken an und eilte einfach weiter. Drei Stunden stand er unter dem Glasdach, hielt das einzigartige Konzept den Leuten entgegen, doch sie beachteten ihn nicht.

Sieben Nächte verbrachte er im Männerheim der Heilsarmee. Er erzählte, dass es sehr gut laufe mit dem unkonventionellen Verkauf seines Projektes, und es gebe ernsthafte Interessenten. Zudem habe er heute mit der Baufirma in der Toskana telefoniert, der Spatenstich werde nächste Woche über die Bühne gehen, der Bürgermeister werde eine Rede halten, es gebe eine Pressekonferenz.

Die Männer löffelten die Kartoffelsuppe, nickten ab und zu, und Roland erzählte, dass er der Erbe eines grossen Vermögens sei, dass er eine Stiftung für benachteiligte Kinder und Jugendliche gegründet und dass er heute Nachmittag eine Sitzung mit dem Vorstandspräsidenten gehabt habe. Eine bedeutende Institution habe ihre finanzielle Unterstützung zugesichert, und er habe immer noch kein Hotelzimmer gefunden.

Roland zitterte seit Tagen. Der Schweiss lief ihm in Rinnsalen übers Gesicht. Seit sieben Tagen keinen Joint und keinen Wein. Er lief, von Panikattacken geschüttelt, zu seinem Dealer, doch der gab nichts auf Pump raus. Roland bettelte um Valium, nur vier oder fünf, er habe ihn doch immer korrekt bezahlt. Der Dealer winkte ab und ging seines Weges.

Am siebten Abend fragte ein Sozialarbeiter, ob er sich zu ihm setzen dürfe. Endlich ein vernünftiger Mensch, mit dem er über sein geniales Projekt reden konnte. Roland legte mit viel Schwung das etwas aus der Form geratene Konzept auf den Tisch, erklärte, dass er ein grosses Vermögen –

Weiter kam er nicht. Der Sozialarbeiter stellte sehr diskrete Fragen zu seiner aktuellen Lebenssituation. Das war aber nicht das, was Roland hören wollte. Nochmals begann er mit seinem Erbe, sagte, dass er morgen nach Italien fliege. Ein bedeutender Politiker werde bei der Pressekonferenz anwesend sein, er werde mit einer Limousine abgeholt. Das Zimmer in einem Fünfsternhotel sei reserviert. Seine Mutter sei eine angesehene Geschäftsfrau gewesen.

Der Sozialarbeiter seufzte.

Beim Abendessen sah Roland plötzlich den Leibhaftigen am Tisch sitzen. Erschrocken sprang er auf, schrie «Fort, fort!», schlug wild mit den Armen um sich. Wollte davonrennen. Stolperte über seine Füsse, fiel hin, krümmte sich vor Angst und Schmerz auf dem Boden. Schrie, er sei unschuldig, er werde morgen mit dem Taxi zum Flughafen gebracht. Bettelte nach einer Flasche Wodka, stand torkelnd auf, griff sich einen Stuhl und schlug mit aller Kraft auf den Teufel ein. Er griff nach den Tellern auf der Anrichte, schmetterte sie dem Ungeheuer entgegen, bettelte um Gnade.

Als der Notfallarzt ihm eine Spritze durchs Hemd in den Oberarm verpasste, und als er in die Knie sackte, stammelte er, die Pharmaindustrie stehe mit Satan im Bunde. Dann drehte sich die Welt rasend schnell, und Roland versank in einer allumfassenden Dunkelheit.

Zwei Tage später erwachte er in einem Isolationszimmer der Psychiatrie. Er fragte die Pflegefachfrau, ob das Taxi schon gekommen sei. Und ob sie so gut sein könnte, ihm den Koffer zu bringen, er müsse duschen und sich anziehen. Die Pflegefachfrau versuchte ihm zu erklären, was geschehen war und dass er in der geschlossenen Abteilung sei. Roland erwiderte, er sei etwas unter Zeitdruck, vielleicht könnten sie sich ein anderes Mal unterhalten.

Roland fand den Weg zurück nicht mehr. Er bekam ein Einzelzimmer, starke Medikamente, die alles weichspülten. Jeden Morgen stand er in seiner arg mitgenommenen standesgemässen Garderobe vor der geschlossenen Tür und sagte zu allen, die vorbeikamen: «Das Taxi muss jeden Augenblick da sein.»

Jeden Tag sass er bis zum Abend auf der Bank vor der Tür. Und manchmal ploppten in seinen Erinnerungen Bilder auf, und er sah, wie er auf einer Bank sass, spürte den Novemberwind durch die dünne Jacke, die Füsse waren kalt. Dann griff er nach der Weinflasche, doch da war nichts. Einfach nichts.

6. DIE ASCHE DES LEBENS

Karin legte sich das blaue Foulard mit dem Rosenprint um den Hals und dachte, dass er nicht kommen würde. Im Bahnhofrestaurant setzte sie sich, wie in der letzten Mail vereinbart, links neben der Eingangstür an einen Zweiertisch.

Mit der Liebe hatte sie in den letzten Jahren kein Glück gehabt. Der Eine, das war jetzt auch schon wieder zehn Jahre her, hatte eine Affäre nach der anderen. Sie hatte immer die verzweifelte Hoffnung gehegt, dass das nur eine Phase war. Nach fünf Jahren ertrug sie die Demütigungen nicht mehr. Der Andere, das war noch nicht so lange her, kam nur bei ihr vorbei, wenn er sich von den Pokernächten erholen musste. Als sie sich standhaft weigerte, ihm das Geld für die Miete vorzuschiessen, war er wutentbrannt aus der Wohnung gestürmt. Nicht zum ersten Mal fiel Karin in ein schwarzes Loch.

Sie weinte viel, sass am Wochenende in ihrer Wohnung. Mit schnulzigen Netflix-Serien betäubte sie den Schmerz. Unmengen von Pralinen linderten zwar den Kummer, führten jedoch dazu, dass sie sich Hosen in der Grösse L kaufen musste, was ihr Selbstvertrauen in den Keller sacken liess. Sie rappelte sich auf, ging zu Fuss zur Arbeit, anderthalb Stunden hin und wieder zurück. Nun ass sie nur noch mageren Fisch und gedünstetes Gemüse. Nach zähen und harten Monaten fand sie ihr Spiegelbild wieder akzeptabel. Mit gestärktem Selbstbewusstsein plante sie einen neuen Lebensabschnitt, setzte sich auf den Stuhl in einem erstklassigen Friseursalon und liess sich davon überzeugen, dass ein fransiger Stufenschnitt in hellem Blond sie um sieben Jahre jünger machte.

Eine professionelle Make-up-Artistin verjüngte sie um weitere drei Jahre. Sie lief beschwingt ins Fotostudio, betrachtete ihr Ebenbild und war begeistert, denn da blickte ihr eine Frau entgegen, die sich nicht mit dem Erstbesten, der dahergeschlurft kam, zufriedengeben musste.

Flugs meldete sie sich bei einer Dating-Site an, lud das Foto hoch, und keine fünf Stunden später schrieb ihr Herr Reinhard, er habe sich auf den ersten Blick verliebt, und Karin tanzte durch die Wohnung und bestaunte immer wieder ihr neues Gesicht im Spiegel.

Pünktlich auf die Minute betrat Herr Reinhard mit einer roten Rose in der Hand das Bahnhofrestaurant. Karin freute sich wie Miss Universum, wenn ihr die Krone aufs Haupt gesetzt wurde. Hätte Herr Reinhard sie abserviert, hätte sie Monate gebraucht, um ihr zerstörtes Selbstvertrauen vom Boden zu kratzen und wieder notdürftig zusammenzusetzen. Doch jetzt war alles gut. Es war mehr als gut. Es war perfekt. Herr Reinhard hatte ihr so wunderschöne E-Mails geschrieben, voller Poesie und Anbetung. Bei einem Glas Wein erzählte Herr Reinhard, er sei Privatier, habe ein ansehnliches Vermögen erarbeitet. Nun wolle er die schönen Seiten des Lebens geniessen, am liebsten mit ihr. Sie sei die Frau, von der er schon immer geträumt habe.

Karins Herz geriet vor lauter besinnungsloser Freude ins Stolpern. Alle schlechten Erfahrungen mit Männern scheuchte sie davon. Endlich durfte sie die Hauptrolle in ihrer Netflix-Serie spielen.Später spazierten sie durch den Stadtpark. Herr Reinhard nahm ihre Hand, hauchte einen Kuss darauf, die Hochzeitsglocken läuteten. Herr Reinhard führte sie in ein rotes plüschiges Séparée, überreichte mit einem Blick des Begehrens ein Geschenk in einer edlen Verpackung, und als sie ein schwarzes und sehr transparentes Négligé hervorholte, färbten sich ihre Wangen rosa, und ihre Bedenken rauschten davon. Eine Woche später hängte sie ihre Blusen neben die Hemden von Herrn Reinhard.

An einem Samstagmorgen, um acht, läutete es. Verschlafen öffnete Karin die Haustür. Eine fremde Frau stand vor ihr. Sie sei die Expartnerin von Herrn Reinhard, und sie müsse sie warnen, denn Herr Reinhard sei ein Schnorrer. Er habe sich jahrelang von ihr aushalten lassen. Er sei arbeitslos, und die Hälfte des Hauses gehöre ihr. Sie habe immer noch einen Schlüssel.

Karin jagte die Frau zum Teufel. Herr Reinhard blieb sehr gelassen. Bis am späten Abend überlegten sie hin und her, wie sie diesen klitzekleinen Wermutstropfen, der ihr süsses Glück bitter machte, aus der Welt schaffen konnten. Nachdem sie alle möglichen Szenarien durchexerziert hatten, mussten sie einsehen, dass es keine Lösung gab. Karins Tränen änderten daran nicht das Geringste.

Da erzählte ihr Herr Reinhard, dass er kürzlich im Internet eine Möglichkeit entdeckte habe, wie man mit einer Investition von hundert Franken innerhalb eines Tages tausend Franken verdienen konnte. Noch in der gleichen Stunde klickten sie die Seite an, überwiesen fünfhundert Franken, und am nächsten Morgen sahen sie, dass ihr Gewinn zweitausend Franken betrug. Zudem hatten sie eine Mail erhalten mit der Telefonnummer ihres persönlichen Investmentberaters, der mit einer smarten Stimme und in drei Sätzen erklärte, wie sie aus fünftausend Franken innerhalb von vierundzwanzig Stunden fünfzigtausend machen konnten.

Um die Hypothek der Ex übernehmen zu können, brauchten sie sechshunderttausend Franken. Karin überwies ihr bisschen Erspartes – sechzigtausend Franken. Am Abend klickten sie die Seite wieder an, und siehe da, ihr Gewinn belief sich bereits auf Hunderttausend. Der Investmentberater rief sie an und sagte, es laufe ausgezeichnet. Spätestens in drei Tagen könnten sie den Jackpot einkassieren.

Am Montagabend kam Karin müde nach Hause. Herr Reinhard grüsste sie nicht, was sie sehr irritierte. Er sass im Morgenmantel auf dem Sofa und herrschte sie mit barscher Stimme an, sie müsse einkaufen gehen, er habe den ganzen Tag nichts gegessen. Waschen solle sie auch endlich. Er habe kein einziges sauberes Hemd. Überhaupt, das Haus sei ein einziger Saustall. Ob es ihr noch nie in den Sinn gekommen sei, mal gründlich zu putzen?

Karin dachte, Herr Reinhard sei einfach ein bisschen schlecht gelaunt. Sie blieb ihm zu Diensten, wollte ihr Glück retten, liess sich noch mehr erniedrigen, gab ihm Geld, gehorchte seinen Launen.

In dem Augenblick, als Karin auf der vereisten Treppe vor dem Haus stürzte, durchzuckte sie der Gedanke, dass sie ihren Glücksvorrat aufgebraucht hatte. Der rechte Knöchel war gebrochen. Zwei Wochen später, sie trug den Fuss immer noch im Gips, rammte sie ein Velofahrer auf dem Fussgängerstreifen. Der rechte Arm war übel zertrümmert. Sie musste drei Mal operiert werden, lag vier Wochen im Spital, musste in die Rehaklinik.

Herr Reinhard besuchte sie nicht.

Trotz intensiver Physiotherapie konnte sie den rechten Arm kaum noch bewegen. Als Karin beim Duschen einen harten Knoten in der Brust ertastete, brach sie in Tränen aus. Sie wurde operiert, bekam Chemo und Bestrahlung. Ihr allgemeiner Zustand war so schlecht, dass sie das Spital nicht verlassen konnte.

Nach Wochen aus Schmerz und Verzweiflung kehrte sie nach Hause zurück, steckte den Schlüssel ins Schloss. Er passte nicht. Sie klingelte. Eine Fremde öffnete. Das Glück war definitiv vorbei.Ein Leben lang hatte sie an der Kasse in einem Supermarkt gearbeitet. Nun, da ihr rechter Arm fast vollständig gelähmt war und sie arbeitsunfähig war, wurde ihr Einkommen noch mickriger.

Sie zog in ein Mansardenzimmer mit Kochnische, wärmte Büchsenravioli und Tütensuppe, schluckte Schlafmittel und Valium, konnte ihr Elend nicht fassen. Der Hausarzt überwies sie an eine Psychiaterin. Widerstrebend machte sie einen ersten Termin ab. Sie konnte vor lauter Scham keinen ganzen Satz sagen, machte sich mit der Adresse einer Selbsthilfegruppe auf den Nachhauseweg und fragte sich, was denn das Darüberreden an ihrer Situation ändern sollte. Doch als die beklemmende Enge ihres Daseins sie aus dem Zimmer scheuchte, ging sie hin.

Sie waren Fünfzehn – zehn Frauen und fünf Männer, und alle Geschichten begannen damit, dass sie auf einer Dating-Site ein perfektes Foto gepostet hatten, und sie dieser wunderbare Schwindel erfasst hatte, endlich die grosse und wahre Liebe gefunden zu haben. Während ihres berauschten Torkelns durch zwei, drei Wochen bezogen sie ihr Guthaben aus der Pensionskasse, blätterten ihr ganzes Vermögen hin, damit sie ihren Liebsten oder ihre umwerfende Traumfrau aus der finanziellen Misere freikaufen konnten.

Das luftige Gespinst aus Verklärung und Anbetung verflüchtigte sich mit der Überweisung der letzten Franken. Die Investmentberater waren plötzlich sang- und klanglos im Internet abgetaucht, und es erging allen wie Karin, die verzweifelt versucht hatte, ihr Erspartes zurückzuholen. Kein Anschluss unter dieser Nummer, ein Tritt in den Hintern, das war's.

Und allen waren der soziale Abstieg und die Demütigung ins Gesicht gemeisselt. Dünn und hart waren ihre Lippen, misstrauisch zusammengekniffen die Augen, die Wangen eingefallen, tiefe Furchen lagen auf der Stirn, die Haut grau, die Stimmen stockten leise.

Trotz zermürbender Hoffnungslosigkeit trafen sie sich zwei Mal in der Woche und tauschten sich bei einem Glas Wasser über wichtige Entdeckungen aus: Der Eine wusste, wo es abends um sechs kurz vor Ladenschluss Brot für einen Franken gab. Eine Andere kannte alle Kühlschränke in der Stadt, aus denen man gratis Joghurt und Käse mitnehmen konnte. Eine Dritte sagte, sie gehe am Nachmittag in die offene Kirche. Dort gebe es immer Gratiskaffee und -kuchen.

Am Wochenende trafen sie sich für einen längeren Spaziergang und besuchten Museen, die keinen Eintritt verlangten. Für dieses Unternehmen nahmen sie ihre besten Kleider aus dem Schrank, frisierten ihre grauen Haare sorgfältig und putzten die Schuhe.

An einem Samstagmorgen, als Karin sich für ein Treffen parat machte, kam ihr das blaue Foulard mit dem Rosenprint in die Finger. Sie nahm ein Feuerzeug.

Und die Flamme, die damals in ihrem Herzen fröhlich geflackert hatte, wurde zu Asche und sie fragte sich, ob das alles war, was vom Leben blieb. Die Asche eines blauen Foulards mit Rosenprint.

7. IM PARADIES GIBT ES KEINEN HUNGER

Ich ass ein Stück Pizza Margherita. Knuspriger Teig, fruchtige Tomatensauce, sämiger Mozzarella. Ich schmeckte das Paradies. Selig seufzend und mit geschlossenen Augen ergab ich mich dem Genuss. Ich schluckte.

Ich schluckte leer, öffnete die Augen und roch Entbehrung. Wie war ich nur auf die Idee gekommen, freiwillig sieben Tage zu fasten? Ich hatte Hunger. Ich hatte unglaublich Hunger. Seit drei Tagen war ich am Fasten, und seit diesem Morgen, des vierten Tags, träumte ich von Pizza, fettigen Fritten und einem Berliner mit Himbeergelée.

Ich hatte es nicht so mit Grenzerfahrungen. Kalt duschen war so ziemlich das Extremste, das ich schon geboten hatte. Im Winter wandern, mit nichts als einem Badekleid? Vom Zehnmeterbrett springen? Alles nicht meins. Im Nachhinein musste ich allerdings einräumen, dass selbst eine Zeitunglektüre zu aussergewöhnlichen Aktionen verführen konnte.

Es war an einem Sonntag gewesen, als ich den Bericht eines Journalisten gelesen hatte, der zwecks Selbsterfahrung sieben Tage in einer Fastenklinik verbracht hatte. Er fühlte sich dabei, so hielt er da fest, grossartig, leicht und unbesiegbar. Das wollte ich auch. Ich wollte auch mal eine Woche Superwoman sein.

Montags kaufte ich ein Buch übers Fasten, wechselte von der Buchhandlung ins Coop-Restaurant, trank einen letzten Latte macchiato und schrieb auf einem Zettel alles auf, was es für eine

Fastenkur brauchte. Lustig klirrten die Saftflaschen, als ich den Einkaufstrolley die Treppe zu meiner Wohnung hochschleppte.

Zum Abendessen kochte ich Vollkornreis und gedünstete Karotten und Erbsen. Mein letztes Mahl vor der grossen Euphorie, denn, das hatte ich im Fastenbuch gelesen, so was konnte einen schon packen, wenn man sieben Tage auf feste Nahrung verzichtete. Auf diesen Flash freute ich mich. Die Vorstellung sättigte mich. Zum Nachtisch reichte mir ein Brennnesseltee.

Die ersten zwei Tage waren ein Kinderspiel. Ich war ziemlich beeindruckt von mir selbst, hätte ich doch nicht einmal gedacht, dass ich das wagen würde. Aber jetzt winkte Superwoman schon am Horizont und gab die Richtung vor.

Dass der Weg unendlich hart werden würde, war mir weder am ersten noch zweiten Tag gewahr. Sieben Tage Fasten, das war doch ein Klacks. Nichts leichter als das.

Abends um sechs Uhr des dritten Tags googelte ich die Öffnungszeiten des Tankstellenshops und plante schon mal einen Grosseinkauf.

Schokoladenbisquits, Käsesandwichs, Flammkuchen mit Speck, Karamelcrème und Schlagrahm: Startbereit, mit extra grossem Rucksack, stand ich vor der Wohnungstür. Da sprach Superwoman: «Nein! Das stehst du durch. Dein Wille ist unbeugsam, und nur wenn du es durchziehst, wirst du erfahrungsreicher.»

Ich brühte Bärentraubenblättertee zur Nierenreinigung. Sehr bekömmlich. Die Bitterkeit des Suds unterdrückte den quälenden Hunger für zehn Minuten. Ich bin stark, ich bin stärker, ich bin die..., dachte ich, da riss mich der Hunger mit der Wucht eines Vorschlaghammers in den Abgrund.

Vor lauter Verlangen schlotterten meine Knie. Ich schlüpfte ins Bett, weil man während des Schlafens nicht wissentlich hungrig war. Ich stand die Nacht durch. Am nächsten Morgen wusste ich: Die erste grosse Krise war überwunden.

Tee brühen war in diesen sieben Tagen meine Hauptbeschäftigung. Zur Auswahl standen: Birkenblätter, Brennessel, Pfefferminze, Hagebutte, Löwenzahn, Grünhafer, Spargelschalen, Labkraut, Wegwarte, Mariendistel, Schafgarbe, Schachtelhalm. Kamille, Hibiskus, Kornblume und Gargant.

Nun gut, ich räume es ein, auf die zwei Tassen Kaffee morgens konnte ich nicht verzichten. Es passte nicht ins Fastenprogramm und war im Grunde verboten. Aber ohne Koffeinschub nach dem Aufwachen ging einfach nichts.

Noch nie schmeckte mir Kaffee so gut. Aber kaum versickerte der erste Schluck in meinem Magen, überfiel mich die Gier nach Croissants, Silserzöpfen dick wie Arme, Honigbächen, Butterströmen, Kokosmandelcrèmewäldern, Emmentalerlaiben, Gorgonzolalagunen.

Nicht schon wieder. Es war erst morgens um sieben, und wenn mich die Fantasie jetzt schon so marterte, wie konnte ich dann den Tag überstehen?

Zur Ablenkung begann ich eine noch nie dagewesene Küchenreinigung. Ich schrubbte die Schränke heraus. Sortierte die Gewürze. Fegte den Backofen. Inspizierte die Vorräte. Wusch den Kühlschrank, und zum Schluss fegte ich den Boden.

Den Kühlschrank hätte ich besser ausser Acht gelassen, denn da lag die nächste Prüfung in Form von sieben Eiern. Bitte nicht, stöhnte ich, hörte aber schon das Öl in der Pfanne zischen und sah mich jauchzend ein Stück Tessinerbrot ins Eigelb tunken.

Mir schwanden die Sinne. Ich flüchtete ins Badezimmer. Auch dort räumte ich jedes Schränkchen aus. Ich verlegte meine ganze Energie ins Reinigen, aber das verführerische Bild sieben spiegelnder Eier wurde ich nicht los.

Um zwölf erstrahlte die Wohnung vor Sauberkeit. Es war Zeit, ein Glas Karottensaft zu trinken – langsam, genussvoll, in minimalsten Schlückchen, damit es möglichst lange vorhielt. Die

Süsse brachte mich fast um den Verstand. Ich gierte nach Apfelwähe, Nussgipfeln, Schokotorten. Je stärker das Verlangen, desto mehr wankte mein Entschluss, die sieben Tage durchzuziehen.

Was wäre denn so schlimm daran, die Kur abzubrechen? Ich wäre dann freilich nicht Superwoman. Aber interessierte mich das überhaupt noch? Ich musste ja nicht die Heldin meiner eigenen Story sein.

Ich hatte es ehrlich versucht. Drei nicht enden wollende Tage lang. Dann war der Hunger gekommen, diese quälende, marternde Bestie, die alle Gedanken an etwas Anderes blockierte. Die monströse Gier, etwas zwischen die Zähne zu bekommen. Dieser Herrscher über das ganze Bewusstsein, von dem ich bis jetzt nichts geahnt hatte. Ich konnte den ganzen Tag keinen anderen Gedanken fassen als den an Kaiserschmarren mit Zwetschgenkompott, Fischknusperli und Tartarsauce, Spaghetti Carbonara und ein berstendes Salamibrot. Bis abends um neun war einfach rein gar nichts geschehen, ausser dass ich auch diesen Lebenstag durchgestanden hatte.

Tag fünf. Schon lange vor dem Kaffee fragte ich mich, was das Ganze eigentlich soll. Ein Jungbrunnen war versprochen worden, eine neue Fitness und Munterkeit, die Entlastung des Magens, Reinigung der Nieren und eine feine, glatte Haut, die Klärung der Sinne und Gedanken. Auf alles konnte ich jetzt ganz gut verzichten. Meine Gedanken waren keineswegs klar. Ich fühlte mich bloss erschöpft, alt ausgelaugt, am Limit meiner Kräfte, grantig und miserabel gelaunt.

Darauf, etwas zu schreiben, konnte ich mich sowieso nicht konzentrieren. Also blieb nur die Flucht nach vorne, in die Sauna. Schwitzen und Eisbäder, stand im Fastenbuch, sei wärmstens zu empfehlen.

Allein, der Weg dahin war Versuchung pur. Am Bahnhof erwartete mich der «Brezelkönig». Fünfzig Schritte weiter lockte ein «Burger». Nach zehn Metern bezirzte mich eine Konditorei.

Im Supermarkt lachten mich Nusstörtchen und Früchtebrote aus. Dinkelschnitten mit Rosinen und Cashewkernen stellten sich mir in den Weg. Es war inzwischen das Tausendste Mal, dass ich mich fragte, was schlimm daran wäre, wenn ich die Fastenkur an diesem Tag vorzeitig beendete.

Aber ich blieb hart. Ich schnappte drei Flaschen Randensaft. Schwankte zwischen fantasmagorierter Fressorgie und eisernem Willen. Ich würde bestehen. Ich wäre stärker als alle Linzertorten und Pasteten der Welt.

Ich war Superwoman. Allerdings noch nicht ganz. Es fehlten noch zwei Tage. Wie sollte ich die durchstehen? Wie sollte ich dem Hungermonster begegnen, was ihm denn noch in den Weg stellen? Denn die Wahrheit war: Ich war am Ende. Fix und fertig.

Mit solch einer grösseren Entscheidung – eine Woche zu fasten – war das eben so eine Sache. Denn sie bestand aus Millionen kleiner Entscheidungen, die ich jede Sekunde neu treffen musste. Klar, mache ich eine Fastenkur, hatte ich erst vor wenigen Tagen beschlossen. Zack. Leicht war die Entscheidung gefallen.

Aber das Dranbleiben, in so vielen qualvollen, hungerunterdrückten Stunden, das schien mir jetzt zu viel für mich. Nie hätte ich gedacht, dass mich ein bisschen Fasten, statt mich mit frischer Lebenslust, ja der versprochenen Euphorie zu belohnen, in eine so tiefe Krise stürzen würde. Nichts war mehr gut. Nichts stimmte mehr. Nichts machte mehr auch nur ein Fünkchen Freude. Und vor allem konnte nichts den endlosen Abgrund meines leeren Magens vergessen machen.

Irgendwie stand ich die zwei Tage durch. Es war unendlich hart. Es stellte das Schwierigste dar, das ich bis anhin durchgemacht hatte. Eines wusste ich am siebten Tag, am Tag des Fastenbrechens ganz gewiss: dass ich das nie mehr machen würde. Mir konnte man künftig weiterhin mit allem kommen. Aber nicht mit Hungern.

An diesem Tag, Punkt zwölf, durfte ich in einen Apfel beissen. Ich schnitt ihn in dreissig hauchdünne Spalten. Ich setzte mich demütig an den Küchentisch, betrachtete die erste Scheibe wie ein Kleinod. Dann knabberte ich ein winzig kleines Stückchen ab.

In meinem Mund explodierte der Geschmack. Zuerst erschien eine so ehrliche und bodenständige Süsse, wie ich sie noch nie verspürt hatte. Dann kitzelte die Säure meinen Gaumen, erfrischend, betörend, umwerfend. So kostete ich Spalte um Spalte. Noch nie hatte ich etwas mit solcher Innigkeit, Achtsamkeit und Erfüllung gegessen – oder vielleicht überhaupt durchlebt.

Als ich den Apfel verspiesen und wie das Geschenk meines Lebens in mich aufgenommen hatte, wusste ich, dass es das Durchhalten Wert gewesen war. Es war unbeschreiblich zäh gewesen, und ich war nicht, beseelt von der Fasteneuphorie, durch die Tage geschwebt. Ich hatte meinen Entschluss hinterfragt, mehr als ich am Sinn des Daseins in meinen grössten Lebenskrisen gezweifelt hatte. Es war das härteste Ringen all meiner Jahre gewesen. Ein Kampf gegen den grössten Gegner, dem ich je begegnet war, dem Hunger, den auch Superwoman fast verloren hätte.

Aber am nächsten Tag durfte ich zum Frühstück vier in Wasser eingelegte Feigen verkosten. Abends kredenzte ich mir zwei Kartoffeln mit Schnittlauchquark. Unerreicht war bislang die Freude mit der ich diese Kleinigkeiten ass – aber als Weltenschätze wahrnahm.

Beim ersten Chicoréesalat war die Euphorie da. Und der erste Gemüsereis nach der Fasteneinöde flutete mich mit Glückshormonen.

Ich blieb beim klugen, wahrhaftigen Essen. Erst Wochen später liess ich eine Pizza Margherita in meine Nähe. Und wusste: Im Paradies gibt's keinen Hunger.

8. WINTERTRÄNEN

Es waren nicht nur die minus zehn Grad, die ihn zum Weinen brachten. Er weinte oft, nachts, unter der Brücke. Weil es keine Gnade kannte, das Leben. Mit Müh und Not schleppte sich der Obdachlose durch die Gasse. Die Häuser tanzten vor seinen Augen. Er tastete sich den Mauern entlang, sehr darauf bedacht, die Flasche nicht fallenzulassen. Das wäre das grösste Unglück. Mit dem schmutzigen Jackenärmel wischte er die Tränen fort und drückte auf die Klingel.

Das Schrillen riss René aus dem Schlaf. Für einen Moment wusste er nicht, wo er war. Das Notlicht im Flur brannte, die Zimmertüre stand einen Spalt breit offen. Ach ja, er hatte Bereitschaftsdienst in der Notschlafstelle. Jemand wollte der eisigen Kälte entkommen. Die Glocke schrillte ungeduldig. René eilte zur Tür bevor die neunzehn Klienten erwachten und sich in aggressive Wespen verwandelten. Nach der Hausordnung durfte er die Türe nach Mitternacht nicht öffnen, trotz den minus zehn Grad. Doch René musste man nicht erklären, wie bitter eine solche Nacht war, wenn man unter einer Brücke in einem Schlafsack lag.

Er öffnete die Tür. Hereingetorkelt kam Hans. Grosszügig reichte er René die Flasche. Der nahm sie entgegen, kippte sie aus und schmiss sie in die Mülltonne. Alkohol im Haus war strikt verboten.

Hans klapperte mit den Zähnen. René goss ihm einen Lindenblütentee in eine Tasse. Der Alkoholiker kicherte, drückte fünf Xanax aus einem Blister und schluckte sie mit dem Tee. Dann zündete Hans sich eine Zigarette an und bot auch René eine an. Er wollte schon ablehnen, dachte aber dann, wenn er mit Hans vernünftig reden wollte, war es geschickter, nicht den tugendhaften Streetworker herauszuhängen.

Der Obdachlose hatte den ganzen Tag in der Stadt verbracht. Zum Gedudel von «Jingle Bells» und «Oh, du Fröhliche» hatte er die Passanten um eine milde Gabe gebeten. Eine Heilsarmeesoldatin hatte ihm die Kurzfassung der Weihnachtsgeschichte geschenkt. Ein verhuschtes Persönchen wollte ihn zum Essen ins Migros-Restaurant einladen. Doch dort hatte er Hausverbot, seit er, ohne nach links oder rechts zu schauen, einen Joint geraucht hatte. Mit einem charmanten Lächeln hatte Hans erwidert, eine Zehnernote wäre ihm lieber. Die Frau gab ihm zwanzig und sagte leise, sie werde für ihn beten. Das sagten die Zeugen Jehovas auch immer, wenn sie ihre Runde drehten.

Nach fünf Stunden hatte er nicht nur das Geld für die fünf Pillen zusammen. Für eine Flasche Wodka reichte es auch noch.

Nun hatte er diesen Streetworker an der Backe, der seit zwei Jahren in der Notschlafstelle Dienst schob. Hans wusste, was folgte. Der immergleiche Sermon. Die Aussicht auf ein behagliches Zimmer in einer Pension, drei Mahlzeiten und Gratis-TV, saubere Kleider und jeden Tag duschen. Aber – und das war für Hans keine Kleinigkeit – er müsste einen Entzug machen. Vier Wochen in einer Klinik. Zunächst genügend Medikamente, um die schlimmste Zeit zu überstehen. Dann aber, wenn er nüchtern war, würden sie wieder über ihn herfallen, die Dämonen, die er nur in Schach halten konnte, wenn er bis zur Besinnungslosigkeit Wodka in sich hineinschüttete. Er würde darüber nachdenken, nuschelte Hans.

René war fünfzig, seit fünfzehn Jahren trockener Alkoholiker. Zehn harte Jahre hatte er auf der Gasse dahinvegetiert, ein

torkelndes Skelett. Sein bester Freund war Rex, eine Strassen-
mischung zwischen deutschem Schäfer und Bernhardiner, gewesen. Ein eindrucksvolles Tier, das Unmengen Trockenfutter
verschlang und jede Nacht treu an seiner Seite wachte, wenn sein
Herrchen im Delirium versank.

Mittags hatte sich René immer zum Haus «Des guten Samari-
ters» geschleppt, einer kleinen Stiftung, die gratis Tierfutter aus-
gab, gesponsert von einem Grossverteiler, der die Welt zu einem
besseren Ort machen wollte. Alle Herrchen und Frauchen von
der Gasse standen mit ihren Hunden Schlange.

Wegen Rex hatte René sich schliesslich am Riemen gerissen.
Wegen seines Hunds wurde er clean, trank von einem Tag auf
den anderen keinen Schluck mehr und fasste auch nie mehr eine
Spritze an.

Rex aber hatte eine Lungenentzündung bekommen. Grüner
Schleim tropfte aus seiner Nase, er bekam damals kaum noch
Atem. René hatte seinen Gefährten in die Tierklinik getragen.
Die Ärztin hatte den Hund besorgt angesehen und gesagt, es sei
zu spät. Zehn Tage hatte er um das Leben seines Kameraden ge-
bangt. Rex durfte nicht sterben. Der Junkie hatte vor Entzugs-
erscheinungen geschlottert, als er der Tierärztin fünfhundert
Franken in die Hand drückte: So viel hat er in zehn Tagen zu-
sammengebettelt. Kein einziger Schuss. Kein einziger Schluck.
Als es wieder besser ging, sagte die Veterinärin, der Hund über-
lebe keinen weiteren Winter, wenn er jede Nacht auf dem eiskalten Boden liegen müsse.

Das war für René eine Warnung. Er ergatterte ein Zimmer in
einer betreuten WG. Es fiel ihm unendlich schwer, mit all den Regeln klar zu kommen und freundlich zu den Mitbewohnenden zu
sein. Und in der geschützten Werkstatt Kerzen zu giessen. Mehr
als nur einmal machte er die Kurve, blieb ein paar Tage unauffind-
bar. Aber immer kehrte er zurück. Langsam lernte er, seine Wut

zu kontrollieren. Nach drei Jahren war er wieder ein Mensch, der Verantwortung für sein Leben übernehmen konnte.

Er zog mit Rex in eine kleine Wohnung und wurde Gruppenleiter in der geschützten Werkstatt. Er war nun Teil des Teams – und begann die Ausbildung zum Streetworker.

Rex wurde sagenhafte zwanzig Jahre alt. Seine Asche stand in einer hölzernen Urne auf dem Regal im Wohnzimmer.

Und so sassen sie nun zusammen, René und Hans. Der Streetworker versuchte herauszufinden, warum sich der Obdachlose weigerte, in ein Zimmer zu ziehen. Hans war erstaunlich klar bei Verstand. René legte sich noch etwas mehr ins Zeug. Wie alt er eigentlich sei und wie lange er nun schon auf der Strasse lebte. Vierzig sei er. Seit fünf Jahren ziehe er von einer Brücke zur nächsten.

Diese Tatsachen stimmten René optimistisch. Es war also noch nicht zu spät für einen Entzug. Ob er denn Familie habe. Hans druckste herum und sagte, er sei seit fünf Jahren geschieden. Kinder habe er keine. Und seine Arbeit – früher? Hans schwieg. Sie rauchten eine Zigarette. Dann noch eine.

René erwartete schon keine Antwort mehr, als sich Hans räusperte und zu erzählen begann. Er habe Medizin studiert und sei Operationsassistent in einer Herzklinik gewesen. Da fiel Renés Kiefer herunter. Mit offenem Mund starrte er den Obdachlosen an. Der musste offenbar doch einiges auf dem Kasten haben.

Dann fing er sich und fragte, ob er sich auch schon Gedanken über die nähere Zukunft gemacht habe.

Hans gab darauf keine Antwort. Aber er erzählte weiter von Operationssälen und dem Sterilisieren von Instrumenten. Er begann eine neue Geschichte. René war nicht ganz klar, worum es ging. Doch er unterbrach Hans nicht, denn er wusste, wenn der redet, war das schon mal gut und vielleicht der Anfang für ein Zimmer.

Hans erzählte – wurde dem Streetworker nach und nach klar – von einer Operation, die acht Stunden dauerte und mit einem hohen Risiko für den Patienten verbunden war. Er schilderte sehr anschaulich, wie er die letzten Vorbereitungen traf. Er hatte sich nach den Regeln die Hände und die Unterarme desinfizierte. «Ich ging die Checkliste durch.» Der Patient wurde in den Operationssaal gefahren. «Er bekam die Narkose. Ich stand am OP-Tisch und reichte die verlangten Instrumente. Das Team funktionierte reibungslos.»

Als der Chirurg die letzte Arterie nähte, riss sie. Das Blut strömte über den offenen Brustkorb, so schnell und heftig, dass die Blutung nur mit grösster Mühe gestillt werden konnte. Der Patient brauchte eine Bluttransfusion. Diese lag, das war Routine, bereit. Sie bekamen die Krise in den Griff. Der Brustkorb wurde geschlossen, der Patient in den Aufwachraum gefahren.

Nach drei Stunden hatte er vierzig Grad Fieber und war nicht mehr bei Bewusstsein. Weitere zwei Stunden später waren es zweiundvierzig Grad.

Die Ärzte standen vor einem Rätsel und verabreichten ein weiteres Antibiotikum. Am Abend verstarb der Patient.

Eine Untersuchung wurde eingeleitet. Bei der Durchsicht des Dossiers sah Hans, dass er die falsche Blutgruppe bereitgelegt hatte. Und als das Blut in Strömen floss, kontrollierte niemand mehr die Blutgruppe.

Sein Patient starb, weil sich sein Blut verklumpt hatte und es zu einer Infektion gekommen war.

Die Klinikleitung rief zu einer Krisensitzung. Sie überlegte lange, wie man das schreckliche Versehen nach aussen kommunizieren sollte. Das Reputé der Herzklinik war arg angeschlagen.

Hans wurde fristlos entlassen. Seine berufliche Karriere war zerstört. Der Wodka wurde sein Mittel gegen die Albträume.

Seine Frau musste wieder als Nachtwache in einer psychiatrischen Klinik Vollzeit arbeiten. Beide waren am Limit. Nach zwei Jahren liess sie sich scheiden und jagte den Säufer aus der Wohnung. Sie habe keinen Funken Mitleid gezeigt und das gemeinsame Konto sperren lassen.

Hans landete auf der Strasse. Er schnorrte Geld zusammen und peinigte sich mit Selbstvorwürfen, zerfleischte sich. Konnte auch mit Trinken nicht vergessen. Konnte sich nicht verzeihen.

Lange sassen der Operationsassistent und der Streetworker am Tisch und rauchten. Renés professionelle Haltung und Absicht hatte inzwischen Risse. Die Erkenntnis, dass es für Hans wahrscheinlich keine Rettung gab, bohrte sich wie ein Stachel in seinen Verstand.

Gegen sämtliche Regeln der Hausordnung verstossend, sagte René, er würde ihm gerne einen Hund schenken, damit er nicht mehr so alleine sei. Der Obdachlose weinte.

Hans sass auf einer Bank und streichelte den Berner Sennenhund mit dem schönen Fell und der gesunden Statur. Er wollte seinem Gefährten – er nannte ihn Merlin – die eiskalte Nacht nicht zumuten. Er stand auf. Dann ging er aufrecht neben seinem Freund her, Richtung Zimmer. Es waren Tränen der Erleichterung, die sein Gesicht netzten.

9. DIE SCHAMANIN UND DER RUF DER HANDPAN

Shailin sass in der Schwitzhütte. Sie hatte sie eigenhändig gebaut. Inmitten eines Kreises aus heissen Steinen, jeder sorgfältig ausgewählt, rann ihr der Schweiss über den Körper. Die Baumkronen raschelten. Ein Eichelhäher krächzte heiser. Dazu klopfte weiter weg ein Specht den Takt. Tief versunken in die Meditation – mit geschlossenen Augen, Daumen und Zeigefinger berührten sich, der Atem ruhig – rief sie Sita, die Göttin der Klärung, an, alles Dunkle und Unreine auf ihrer Seele in Licht zu verwandeln.

Nun verliess die Schamanin die Schwitzhütte und blinzelte in die Sonne, die hinter dem Horizont auftauchte. Barfuss rannte sie über die Steine. Sie hüpfte über Äste. Sie streckte ihre Füsse in den See und machte einige Schritte ins kalte Wasser. Es empfing sie mit einer herrlichen Frische. Shailin spürte schon die positiven Schwingungen des gereinigten Chakras und tauchte unter. Sie genoss die Kälte, die nach der Hitze so wohltuend war. Wieder rief sie Sita an, ihre Seele zu reinigen.

Am Ufer verharrte sie einen Moment, legte die Handflächen aneinander und dankte der Göttin, die sie immer begleitete, wenn sie ein Reinigungsritual vollzog.

Wieder bei der Hütte, legte sie Holz aufs Feuer, hängte einen Topf mit Wasser an den Haken des Dreibeins, setzte sich und sprach die heiligen Verse, damit sich das Tor öffnete und sie in jene Welt eintreten konnte, die sie vor langer, langer Zeit entdeckt hatte und die sie seit damals immer reich beschenkt hatte, mit Frieden und Liebe. Als das Wasser im Topf summte, gab sie frische Brennesselblätter dazu. Dieser Tee würde ihre Gedanken klären. Sie legte den Schultergurt der Djembé um und begann sanft zu trommeln. Shailin blickte hinauf in den Himmel, rief nun Nanuk, den Gott der sieben Dimensionen, an, und bat ihn, sie auf der Reise durch die sieben Tore zu leiten. Jetzt trommelte und sang sie schon etwas lauter und begann dann, wiegenden Schrittes, ums Feuer zu tanzen. Ihr heller Gesang öffnete die sieben Tore und erfreute Nanuk. Wie ein Wasserfall rauschte ihr das Blut durch den Körper. Sie drehte sich um die eigene Achse, hüpfte, bog und dehnte sich. Sie war nun ganz Trommel und Gesang.

Die Schamanin war auf der Suche nach einer Antwort. Deshalb hatte sie sich noch mitten in der Nacht auf den Weg gemacht und den heiligen Platz im Wald aufgesucht. Sie kam seit Jahren hierher, an den einzigen Ort, an dem die Göttinnen und Götter so nah waren. Die Stadt, wo sie wohnte, besass zu viele energetische Barrieren. Da konnte sie noch so viel Weihrauch verbrennen. Ihre Schutzheiligen zeigten sich nicht.

Sie war in den Zwanzigern gewesen, als ein Betrunkener sie auf dem Trottoir angefahren hatte. Der dreifache Beckenbruch machte unzählige Operationen notwendig. Nach einem halben Jahr konnte sie wenigstens wieder an Krücken gehen. In einer der vielen schlaflosen Nächte setzte sie sich auf den Balkon vor ihrem Spitalzimmer und schaute in den Mond. Sie vernahm eine Stimme, die ihren wahren Namen flüsterte und ihr den Auftrag gab, in der Spitalkapelle eine Kerze anzuzünden. Das machte sie.

Von da an hörte sie immer wieder diese Stimme. Sie folgte ihr. Und so fand sie ihre Berufung als Schamanin.

Sie streifte an unendlich vielen Wochenenden durch den Wald, suchte die Nähe der Bäume und lauschte dem Lied der Blätter. Sie stieg auch auf Berge und beobachtete die ziehenden

Wolken. Nackt stellte sie sich in den Regen. Ebenso schwamm sie in eiskalten Seen. Sie streifte überhaupt durchs Land, zog mit dem Wind, fastete, meditierte, beobachtete die Reise der Sonne.

Sie widmete sich dem Studium der Sternbilder und Planeten, feierte Walpurgisnacht und die Sommersonnenwende. Sie traf Frauen und Männer auf dem gleichen Weg und lernte von ihnen Tänze und Lieder. Sie wurde von ihnen zu Kraftorten geführt und magischen Wasserfällen.

So entdeckte Shailin eine Welt, von der zuvor sie nichts geahnt hatte. Eine Welt voller Möglichkeiten, das Dasein abseits breitgetrampelter Wege zu leben und als Schamanin zu wirken.

Und nun waren zwei Tage vergangen, seit sie in der Stadt unterwegs gewesen war und diese Musik gehört hatte, die nochmals alles veränderte. Die Klänge hatten sie in die Altstadt geführt, wo ein Mann auf einer Handpan spielte. Orkanartig wurde ihre Seele erfasst, und in ihrem Herzen erwachte eine neue Sehnsucht, wie sie noch keine erlebt hatte.

Lang schon war sie dem Ruf ihres Herzens gefolgt. In den Jahrzehnten, die sie als Schamanin unterwegs gewesen war, hatte sie immer wieder Menschen getroffen, die ihre Seele zum Schweben brachten, und auf Frauen und Männer, denen sie sich offenbaren konnte, ohne seelische Verletzungen befürchten zu müssen.

Es war dabei nie um Sex gegangen, sondern um ein Zusammensein, ums zärtliche, liebevolle Miteinander, das sich umeinander Kümmern, ein sich Wiegen in den Umarmungen, das Schenken von Liebe, Spenden von Trost. Überdies Tee kochen und Nächte durchwachen, wenn sich das Gegenüber vor der Dunkelheit fürchtete.

Shailin hatte schon lang in einem Kreis von Freundinnen und Freunden gelebt, die füreinander da waren, die sie zu Musik und Tanz einluden, sich wertschätzten und eine Liebe lebten, die nicht zu besitzen und die Flügel der Anderen nicht zu stutzen trachtete. Sondern sie segelten miteinander am Himmel, gingen ein Wegstück gemeinsam, lösten sich wieder und fanden einander erneut.

Vor achtundvierzig Stunden aber hatte sie diesen geheimnisvollen Trommelklängen gelauscht. Sie konnte ihren Blick nicht mehr vom Musiker abwenden. Sie vergass, die Bücher in die Bibliothek zu bringen, versäumte die Verabredung mit der Freundin und dachte nicht mehr daran, dass sie noch Brot und Gemüse kaufen musste.

Sie vergass einfach alles, vor allem sich selbst, und ergab sich diesem Klang. Und die ungeahnte Sehnsucht von damals hatte sie Mitten in der Nacht geweckt und in den Wald zu ihrem heiligen Platz geführt, wo sie nun die Göttinnen und Götter um Weisung bat.

Nanuk hatte Shailin soeben durch die siebte und letzte Dimension geführt. Die Schamanin verschränkte ihre Hände vor der Brust und bedankte sich: Jetzt wusste sie, welchen Weg sie gehen musste.

Sie streifte den Djembégürtel ab und goss Wasser über die noch glimmenden Kohlen. Sie brachte Becher, Topf und Dreibein an ihre Plätze in der Schwitzhütte. Dann packte sie die Djembé ein und marschierte voller unbändiger Energie und Entschlossenheit durch den duftenden Wald stadtwärts.

Zu Hause brühte sie sich eine grosse Tasse Kaffee. Beflügelt vom Zauber des Rituals, kleidete sie sich frisch an, steckte die Haare hoch, zupfte einige Strähnen heraus und tupfte Vanilleöl auf Hals und Handgelenke. Sie wählte die grossen, silbernen Ohrringe und schlüpfte in die Sandalen.

Im Bioladen kaufte sie ein Dinkelbrötchen mit Nüssen und Sultaninen und stellte Fragen nach dem Musiker. Doch die Verkäuferin wusste nichts von ihm.

Die Schamanin schlenderte durch die Gasse, in der sie den Mann spielen gehört hatte. Dort gab nun ein Handorgelspieler «An der schönen blauen Donau» zum Besten.

Im «Leuchtturm», der Beiz, in der sich jene trafen, die noch richtige Gespräche miteinander führten, setzte sie sich zu drei alten Bekannten. Sie plauderte ein wenig über die letzte Theaterpremiere der «Volksbühne», die Vernissage in der Gewölbegalerie.

Dann erkundigte sie sich auch hier nach dem Musiker. Dem, der vorgestern in der Altstadt gespielt habe. Hätten sie ihn nicht gehört? Und ob der wohl länger in der Stadt bleibe?

Niemand wusste es. Sie wünschte noch ein schönes Wochenende und verabschiedete sich.

Nanuk hatte ihr eine Antwort gegeben. Aber er hatte nicht gesagt, wo sie den Musiker fand. An dessen Stelle spielte der Handorgelmann noch immer die «Donau».

So fragte sie auch im Gartencafé direkt am Platz nach dem Handpanspieler von vorgestern. Ja, der habe einen Cappuccino bestellt und gesagt, er bleibe noch einige Tage. Aha, frohlockte Shailin, ich bin auf dem richtigen Weg, setzte sich an ein Tischchen und bestellte ein Stück Rüeblitorte und einen Schwarztee.

Sie verfolgte, wie der Handorgelspieler die paar Münzen in seine Tasche steckte und verschwand. Um sich die Zeit zu vertreiben, holte Shailin ein schmales Bändchen aus dem Rucksack und vertiefte sich in die Gedichte von Tah-Lya, einer Schamanin aus Sibirien. Das Gedicht «Mondnacht» berührte sie auch heute wieder tief, und sie träumte ein bisschen dahin und dachte, irgendwann müsse sie nach Sibirien. Und als sie sich vorstellte, wie sie unter dem weiten sibirischen Himmel bei Vollmond im Schnee tanzte, sah sie ihn die Gasse heraufkommen.

Den ganzen Nachmittag blieb Shailin sitzen und lauschte. Noch nie hatte Musik eine solche Wirkung auf sie verübt. Die glockenähnlichen Schwingungen vibrierten in ihrem Körper, und Shailin fühlte sich so leicht und unbeschwert wie noch nie in ihren sechzig Jahren. Und als sie sich fragte, warum, fand sie keine Antwort. Irgendwie führte diese Musik direkt in eine weitere Dimension Nanuks. Eine Sphäre ausserhalb des bisher gewohnten Lebens.

Es war siebzehn Uhr, als der Musiker die Handpan ins Futteral legte und das Geld in einen Lederbeutel steckte.

Shailins Augenblick war da. Doch obwohl sie sicher war, dass sie die Antwort der Göttinnen und Götter richtig gedeutet hatte, und obwohl sie wusste, dass ihr nichts anderes blieb, als ihrem Herzen zu folgen, zitterten doch ihre Knie und zögerte sie bei jedem Schritt.

Aber sie fasste Mut. Sie trat zum Musiker und legte die Handflächen aneinander. «Namaste», flüsterte sie und suchte seine Augen: «Vanja, die Göttin der Liebe schickt mich.»

Da legte auch er die Handflächen zusammen. «Dann wollen wir Vanja ‹Danke› sagen», antwortete er.

10. VON POSTGELB ZU SCHILLERND

Cora blies die Kerzen auf der Torte aus. Der Applaus und das schwungvolle «Happy Birthday» der Gäste stiessen die Tür zu einem neuen Jahrzehnt auf.

Sie hatte in eine Waldhütte eingeladen. Würste braten, Glühwein mit Prosecco, Joe Cocker und Elvis aus den Lautsprechern. Von den Freunden erhielt sie ein sehr exklusives Geschenk: einen Gutschein fürs Glück.

Aber am Morgen nach der Party war sie niedergeschlagen. Kein heller Stern leuchtete am düsteren Morgenhimmel für sie. Was war sie denn? Eine graue, missmutige Figur, stand sie seit Jahrzehnten hinter einem Postschalter und frankierte Briefe.

Wann war sie das letzte Mal aus dem Bett gehüpft mit Freude auf den Tag? Sie konnte sich nicht erinnern. Sie dachte an ihre Kindheit. Ans Hüttchen oben im Apfelbaum. An ihre Freude, wenn sie ihre fünf Barbiepuppen in die Glitzer- und Paillettenkostüme steckte. Ans Puppenservice, aus dem sie und ihre Freundinnen wie sehr vornehme Damen den Tee tranken, und an die Kekse dazu, die sie aus Blättern knabberten.

Noch immer im Bett, imaginierte sie auch nochmals das Kribbeln der Vorfreude auf den Fasnachtsumzug durchs Dorf und wie sie da im Prinzessinnenkleid und goldenem Diadem herumwirbelte. Sie dachte an die endlosen Sommerferien der Kindheit zurück. Ans Zelt, gebaut aus Bohnenstangen und Leintüchern. Sie hüpfte noch einmal beim Gummitwist oder setzte einem

Schneemann den Hut auf den Kopf. Ja, damals war es so einfach gewesen, das Glück in beiden Händen zu halten.

Heute war alles komplizierter und öd. Cora hatte ja schon so vieles ausprobiert, um endlich ein glücklicher Mensch zu werden. Vor Jahren hatte sie einen vierwöchigen Yogakurs in einem Aschram in Indien absolviert. Sie war morgens um drei mit den Anderen aufgestanden, hatte ein Tässchen Tee getrunken, sich in den Garten gesetzt, der nach Jasmin duftete, und dachte, das ist es: Schlafen auf einer Pritsche, Hirse mit Gemüse zum Mittagessen.

Wieder zurück von ihrer Tour begann sie eine Ausbildung zur Yogalehrerin. Sie zog es nicht durch. Warum? Sie wusste es rückblickend nicht.

Doch beharrlich verfolgte sie die Suche nach dem Glück weiter. Dazu erlernte sie das Töpfern und fühlte so sich richtig beseelt, wenn sie an der Drehscheibe sass.

Die Tassen lagen noch heute in einer Kartonschachtel auf dem Dachboden. Gebrannt und glasiert hatte sie sie nie. Und so war es mit Vielem. Qigong? Eine schnelle Affäre. Beim Surfen zeigte sie kein Talent. Wandern – langweilig. Fürs Collagieren fehlten die Ideen. Joggen war anstrengend. Tango zu vertrackt. Patchworkdeckennähen brauchte Geduld.

Neue Hoffnung keimte in ihr auf, als sie einen Schreibkurs besuchte. An einem einzigen Wochenende tippte sie ein Dreissigseitenexposé in die Maschine. Sie war so glücklich, wirklich – sie *war* glücklich, als die Ideen nur so vom Himmel perlten. Im Flow machte sie sich ans erste Kapitel. Dann kein Satz. Kein Wort. Nur der Mut sank wieder. Aus ihrem Kuckuckswolkenheim prallte sie ernüchtert zurück auf die Erde nieder.

Die Jahre versickerten. Die Jahrzehnte gar verblassten. Aber die Unzufriedenheit rumorte weiter in ihr, als sie älter und älter wurde, mehr und mehr die Träume verlor und nicht mehr länger wusste, wie sich Sehnsucht anfühlte.

Sie lebte nur gerade so dahin, an ihrer Poststelle. Abends tauschte sie manchmal bedeutungslose Umarmungen aus, nachts auch schon mal fade Küsse.

Aber nun trug sie diesen Gutschein fürs Glück bei sich. Gut gemeint von ihren Lieben, die noch immer zu ihr standen. Nur, wo fand sie dieses Heil?

Es dauerte nochmals eine Weile, bis sie sich vom Bett zum Computer bewegte und ein bisschen herumgoogelte. Da entdeckte sie den Glückscoach. Das gab es tatsächlich. Cora buchte drei Stunden.

Zwei Tage später sass sie in seinem Zimmer. Das warme Terracottarot der Wände rundum beruhigte ihre Gedanken und Nerven. Die Räucherstäbchen versprachen die Entdeckung exotischer Welten. Durch die halboffene Glastür präsentierte sich ein Zengarten mit Bonsaibäumchen, sorgfältig platzierten Steinen und Sandkreise. Und ein Springbrunnen plätscherte das Lied des glücklichen Lebens.

Da verspürte Cora Neid. Warum konnten Andere aus dem Vollen schöpfen? Weshalb konnten die sich mit der Gestaltung eines Zengartens auseinandersetzen – und sie besass nicht einmal ein Blumenkistchen auf dem Balkon?

Der Coach war Tim. In einem früheren Leben hatte er als Unternehmenspsychologe gearbeitet. Nach einem zermürbenden Tag, spät schon, habe er plötzlich wahrgenommen, dass er eine Seele habe – und die war unzufrieden. Er erfand sich also neu, und nun half er den Anderen, ihr Glück zu finden.

Cora schilderte all ihre Stationen des versuchten Glücks. Tim beauftragte sie, ein hübsches Tagebuch anzuschaffen – und drei Dinge hineinzuschreiben, die ihrem Glück im Weg standen.

Das war nicht schwierig. Zuerst war da das Alter. Sie fühlte sich total verbraucht. Zweitens hatte sie kaum Geld auf dem Konto. Und drittens vagabundierte sie seit einer Ewigkeit alleine durchs Leben. Träume hatte sie auch keine mehr.

Tim sagte, das sei der erste Schritt zum Glück, als sie sich wiedersahen. Aber Cora fragte frustriert, wovon sie denn träumen solle. Ihr Job am Postschalter sei stumpfsinnig. Die Zweizimmerwohnung trostlos. Ihre Trägheit mache sie hässig, und dass sie bis jetzt kein Hobby getroffen habe, das ihr ein Gefühl der Zufriedenheit schenkte, lasse sie am Sinn ihres Lebens zweifeln.

Was sie jetzt brauche, antwortete Tim, sei Bewegung –damit sich diese allumfassende Starre löse, die ihr Potential blockiere.

Cora war zu allem bereit, wenn sie nur endlich ein Leben bekam, das sie erfüllte und nährte und nicht ewig hungernd vor sich hertrieb. Sie hatte bis anhin im Fastenmodus gelebt. Ihr Innenleben züngelte nur noch schwach. Ihre Seele war entkräftet, magersüchtig, ausgebrannt. Also tat sie einen Siebenmeilenschritt und meldete sich bei einem Laufklub an.

Eisern und diszipliniert wie noch nie im Leben zuvor suchte sie die Treffen auf. Es war eine erbarmungslose Schinderei. Sie schlich dahin und japste wie ein Dackel nach der Hatz. Jan, ein Mitjogger, sprach ihr Mut zu – und hielt sich an ihr Tempo.

Bald liefen sie an einem späteren Samstagnachmittag gemeinsam durch den Wald. Nicht wirklich zügig, aber immerhin. Auf dem Berg, der das Ziel gewesen war, tanzten sie an einem Rave. Und zum ersten Mal seit einer Ewigkeit spürte Cora wieder, dass sie noch lebte.

Als sie am Sonntagfrüh vom Berg niederstiegen, machte Jan den Vorschlag, per Kajak den Rhein hinab zur Nordsee zu paddeln. Während ihrer Reise wärmten sie auf dem Feuer eine Büchse Bohnen mit Tomatensauce, verbrachten die Nacht unter dem Himmel, liessen sich anderntags auf dem Wasser weitertreiben, ohne auf die Zeit zu achten.

Drei Wochen später waren sie am Ziel, und Cora dachte, dass sie sich einen Zipfel Glück geschnappt habe. Joggen, Raven,

Paddeln, sie waren Kurzweil und machten Spass. Jan war nett. Aber, dachte Cora, das konnte doch noch immer nicht alles gewesen sein. Und obwohl sich ihr Leben zum Positiven hingewendet hatte, nagte wieder die hartnäckige Unzufriedenheit in ihr.

Sie wollte nicht mehr in der lächerlichen Postuniform am Schalter stehen und Briefe stempeln. Sie wollte nicht länger vom Wohnzimmerfenster aus auf den trostlosen Parkplatz starren. Die Welt wusste nichts von ihr. Das war ihr grösstes Problem.

Ihr ganzes Leben hatte sie in der Schattenecke gestanden und den Anderen zugeschaut, wie sie sich in der Sonne räkelten, Hof hielten, Bewunderung empfingen und nur mit dem Finger schnippen mussten, damit ihnen alle zu Diensten standen. Sie wollte auch ein Sonnenkind sein – und sie würde auch als Glückscoach tätig sein. Aber nicht als kleines Tröpfchen im unendlichen Ozean. Sondern als markanter Strom, als Turbine.

Cora gründete die Universelle Schule des Glücks. Von nun an stand sie nicht mehr hinter dem Schalter. Jetzt bestritt sie die Bühne, dozierte wortreich über die Zwölf Pfade der Selbsterkenntnis, die man gehen musste, um den Einen Weg zum Glück zu finden.

Sie konnte die Zuhörenden im Handumdrehen davon überzeugen, dass jeder sich das Glück erarbeiten konnte, denn geschenktes Glück war so wertvoll wie Katzengold. Der Königsweg zum Glück war ein Seminar, sechstausend Franken für drei Wochenenden, mit Zertifikat, das die Teilnehmenden darin bestärkte, auf dem richtigen Weg zu sein.

Sie spies die Hungrigen reichhaltig mit ihrer in ein paar inspirierten Nächten ersonnenen Glücksphilosophie. Und Cora zeigte nun selbst vor, wie man leben konnte, wenn man das Glück gefunden hatte: Sie mietete ein Landhaus. Dort richtete sie ein terracottafarbenes Zimmer ein. Und beim etwas entfernten

Kuhglockengebimmel hörte sie ihren Klientinnen und Klienten zu. Sie sagte ihnen mit gewichtiger Stimme, sie müssten ihre Blockaden lösen. Sie ermunterte sie, noch drei weitere Stunden zu buchen. Und überreichte ihnen in einer feierlichen Zeremonie ein kleines, sehr sorgfältig gestaltetes Büchlein, in dem sie alles niederschreiben mussten, was ihrem Glück im Weg stand.

Auf ihrem steilen Weg nach oben hatte sie Jan verloren, denn der wollte nicht mehr als Joggen, Paddeln und Raven.

Wenn sie ihm zufällig begegnete, verbarg sie ihre Geringschätzung über sein dürftiges Leben hinter einer Maske aus Geschäftigkeit.

Es waren fette Jahre für sie. Denn mit der Welt ging es ständig bergab. Überall Krisen, Konflikte, Spannungen, Ängste und Sorgen. Cora wusste die Gunst der Stunde zu nutzen. Sie reiste mit einer Assistentinnenschar und zwei Kameramännern durchs Land, hielt abendfüllende Vorträge und hatte eine eigenen TV-Show, in der sie mit handverlesenen Gästen plauderte, mit Vorliebe solchen, die vom Mainstream geächtet wurden, weil nämlich nichts von dem, was sie sprachen, lupenrein war.

Und als noch die Coronapandemie über den Planeten fegte, schlug Coras ganz grosse Stunde. Denn sie wusste, was da hinter den Kulissen vorging. Sie enthüllte die Manipulation, entlarvte den Machtmissbrauch der Politiker, sprach von Zensur und Knechtschaft, geraubter Freiheit, den tödlichen Gefahren der Impfung. Und als alles wieder in den gewohnten Pfaden weiterlief, als nichts mehr verboten war, war Cora eine Lichtfigur für Systemverweigerer, Verschwörungstheoretikerinnen und für die Saubermänner hinter den Betrogenen mit den dröhnenden, zum Aufstand rufenden Kuhglocken.

An ihrem Siebzigsten pustete Cora die Leuchten auf der mannsgrossen Torte aus und feierte mit ihren TV-Gästen, den Jüngerinnen und Jüngern ein rauschendes Fest. Sie war nun

der hellste Stern am Firmament der Hoffnung für die Glück-
suchenden.

An diesem bedeutenden Tag gab es zehn Prozent Ermässi-
gung – wenn man einen Gutschein fürs Glück kaufte. Der Rubel
rollte, und am Morgen nach der Party war sie kein bisschen zer-
mürbt.

So war das, wenn man sich von einer mausgrauen Postbeamtin
in eine schillernde Gallionsfigur verwandelte.

11. MEIN ERSTER LIEBESBRIEF
ODER DER KAKTUS

Verborgen hinter den Johannisbeersträuchern, entfaltete ich den Zettel etwa von der Grösse einer Zündholzschachtel. Ronny hatte ihn mir vor einer Stunde in die Hand gedrückt. Ich schnaubte immer noch vor Wut, weil er mich Gartenzwerg genannt und ausgelacht hatte, weil ich ein Mädchen bin. Einen Tag davor, als ich neben meinen Freundinnen auf dem Floss im Dorfweiher sass, hatte er sich von hinten angeschlichen und mich ins Wasser gestossen.

«Willst du mit mir gehen? ‹Ja›, ‹Nein›, ‹Vielleicht›. Bitte ankreuzen und morgen zurückgeben.» Zwei Wochen zuvor hatte Barbara auf einem anderen Brieflein das «Ja» angekreuzt. Jetzt waren sie und Werner ein Paar. Als Liebespfand schenkte sie ihm einen Kaugummi.

Mein zwölfjähriges Herz pochte wie nach einer Stafette. Ich bewunderte Ronny. Er war frech, liess sich von den älteren Schülern nichts gefallen, und die anderen Jungs scharten sich um ihn. Durch sein rotes, kaum zähmbares Haar wirkte er besonders forsch und pfiffig. Auf dem Pausenplatz gab er permanent den Helden. Beim Sitzball war er geschickter als alle. Und er hatte sich auch heute wieder eine Strafaufgabe eingehandelt, weil er beim Rechnen die Lösungen hinausposaunt hatte, ohne die Hand zu heben. Immerhin, auch ich war beim Sitzball flink, und an der Kletterstange war ich das schnellste Mädchen. Nach der Schule hatte Ronny mir den Fragebogen in die Hand gedrückt. Auf dem

Heimweg hatte er geprahlt, dass Jungs viel stärker seien als Mädchen. Ich hatte ihn wutentbrannt in den Dorfbach gestossen und das Weite gesucht. Von der Liebe und übers Verliebtsein wusste ich nichts. Barbara las die Zeitschrift «Mädchen». Dort stand offenbar alles drin, was sie für ihr «Ja» wissen musste. Ich hätte mich nie getraut, die Ausgabe zu kaufen. Was, wenn meine Mutter oder meine beiden älteren Schwestern sie entdeckten? Nur schon beim Gedanken daran wurde mir heiss.

Ich steckte das Papier in meine Hosentasche. Bis morgen sollte ich mich entscheiden. So, so. «Ja», «Nein», «Vielleicht». Würden Ronny und ich dann auch auf dem Floss sitzen, nahe beieinander, so wie Barbara und Werner am letzten Mittwochnachmittag? Und würde Ronny mich auf seinem Skateboard fahren lassen, um das ich ihn so glühend beneidete? Ich liess den nächsten Tag verstreichen, ohne Ronny seinen Antrag zurückzuerstatten. Eine Woche später legte ich ihn in mein Tagebuch ab.

Zwei Wochen danach waren Ronny und Andrea ein Paar. Erstmals in meinem Leben erahnte ich, wie das mit der Liebe und dem Verliebtsein so lief. Einen Sommer später trafen Ronny und ich uns in der Sekundarschule wieder. Markus, der süsseste Junge – sagte zumindest Gaby, meine Freundin –, hiess nun der neue Mädchenschwarm. Er war trotzdem ein sehr guter Freund von Ronny.

Markus und Karin stolzierten in der Pause händchenhaltend über den Spielplatz. Wir anderen hätten uns dies nie getraut. Vreni und Mario trafen sich am Mittwochnachmittag höchstens in der Stadt und gingen ins Freibad. Andrea und Ronny hatten ihre Verbindung längst wieder aufgelöst. Und dessen Post vom Vorjahr lag nach wie vor verschlossen in meinem Tagebuch. Als wir mit vierzehn im Skilager waren, schlichen die Jungs nachts, wenn sie die Lehrer schlafend glaubten, zu uns Mädchen. Ronny zeigte sich besonders unerschrocken. Er kletterte ohne Umschweife zu mir aufs Doppelstockbett. Ich teilte die Schokolade mit ihm, was nahezu so viel wie «Ja» bedeutete. Vom Frühling an besuchten wir den Konfirmandenunterricht. Wenn wir uns nachher, abends um acht Uhr, auf den Heimweg begaben, dauerte das gut und gerne zwei Stunden, obwohl die Strecke nicht mal einen Kilometer mass.

Ronny hatte mir eine Musikkassette mit der neusten Hitparade vermacht. Ich schwärmte für Smokie. Ronny fand das doof. Er gab unterwegs ununterbrochen Mike Krügers «Nippel»-Lied zum Besten.

Vielleicht würde er sein Repertoire ändern, wenn ich ihm den Zettel zurückgab? Je länger ich über das Briefchen nachdachte, desto mehr gelangte ich zum Schluss, dass ein «Ja» okay wäre. Auch mit vierzehn wusste ich noch nicht viel von der Liebe und übers Verliebtsein. Bei Gaby lag nun immer das neuste «Bravo» zu Hause. Drei Viertel des ganzen Zeugs über Mädchen und Jungs, worüber geredet wurde, kapierte ich nicht. Ich hatte noch nie geküsst, und was nach dem Küssen kommen könnte, daran getraute ich nicht einmal zu denken.

Dann waren sowohl die Schulzeit als auch der Konfirmandenunterricht zu Ende. Ich ging nach links, Ronny nach rechts. Heimlich schwärmte ich immer noch für ihn. Sein Brief – unversehrt im Tagebuch.

Es war Anfang der 1980-er Jahre und somit Discozeit: An so einem Abend traf ich Ronny wieder. Wir tanzten wie zwei wildgewordene Heuschrecken, und als Elvis «Love Me Tender» ins Mikrophon hauchte, tanzten wir eng umschlungen. Trotzdem liess ich den Zettel noch ein paar Tage in dem Buch mit meinen privatesten Einträgen liegen. Aber einige Nächte später tauchte Ronny mit Beate im Tanzsaal auf. Zum ersten Mal in meinem sechzehnjährigen Leben erfuhr ich, dass sich nicht alle Entscheidungen in Liebes-, gegebenenfalls auch den sonstigen

Dingen, auf die lange Bank schieben liessen. Es trat dann allerdings Wuschel in die Disco ein. Ronny war vergessen.

Ein halbes Menschenleben später – nahezu mehr, ich war siebenundfünfzig, und nie mehr hatte ich in all dieser Zeit an ihn gedacht; dafür so manches Andere reflektieren müssen –, erschien mir Ronny eines Nachts im Traum. Und zwar trafen wir uns an einem Sonntag bei der Jazzmatinée, und ich sagte ihm, dass ich ihm nun den Zettel zurückgeben will. Er notierte seine Adresse auf einer Papierserviette, die ich in meiner Handtasche versorgte. Ich versprach ihm, ihn nächstens zu besuchen. Dann endete der nächtliche Film.

In der folgenden Nacht träumte ich tatsächlich wieder von ihm. Ich war auf dem Weg zu ihm, aber ich hatte die Papierserviette zu Hause vergessen. Also kehrte ich um und durchsuchte die ganze Wohnung. Ich blätterte alle Bücher durch, durchwühlte die Papierstapel des Schreibtischs und lugte in allen Schubladen nach. Aber die Notiz mit dem Ort und der Strasse meiner Bestimmung fand ich nicht. Immer noch im Traum, setzte ich mich an den Computer und gab Ronnys Name ein. Den Nachnamen wusste ich auch noch. Es wurden hundert Ronnys gelistet. Als eine Reihe von ihnen in diesem Traum noch vorkamen, hatte keiner rote Haare.

Es verstrichen manche Nächte, ohne dass mir Ronny erschien, bis ich mich in einem weiteren Traum mit ihm daran erinnerte, dass ich seine Telefonnummer ja im Smartphone gespeichert hatte. Dummerweise wusste ich aber partout nicht mehr, wie man ein Handy einschaltet. Dafür war mir, als ich schweissgebadet erwachte, klar, dass es Zeit war, etwas zu unternehmen. Real.

Ich loggte mich auf «Facebook» ein. Ronny war hier nicht auffindbar. Ich guckte wirklich in allen Adressbüchern nach. Ohne Spur. Ich forschte nach bei Mario und Werner, vor allem aber auch bei Barbara, Andrea und Beate. Ebenso erfolglos. Also versuchte ich es bei Gaby, die so in Markus verliebt gewesen war, und der vielleicht wusste, wo sein ehemals bester Freund heute wohnte. Auch diese Spur führte nicht weiter.

Eines Nachts kam mir Ronny wieder vor, und zwar am Dorfweiher, in den er mich dereinst, wohl aus neckischer, nicht anders ausdrückbarer Liebe, gestossen hatte. Wieder konnte ich die Gelegenheit nicht ergreifen – denn ich hatte den Zettel nicht dabei.

Es war zum Verzweifeln. Längst beschäftigten mich diese Träume von Ronny den ganzen Tag über. In meiner Hartnäckigkeit schrieb ich gar unseren ehemaligen Sportlehrer an, der immer noch lebte, und fragte ihn, ob er vielleicht Ronnys aktuelle Adresse kenne. Doch ich bekam keine Antwort.

Ich war so von der Idee besessen, dass ich seine Anschrift wirklich hätte, dass ich fast real in meinem Haus danach zu suchen begonnen hätte. Aber dann, oh Wunder, fand ich, wieder eines nachts im Traum, die Anschrift. Sie lag im Tagebuch beim Zettel mit der Frage: «Willst du mit mir gehen? ‹Ja›, ‹Nein›, ‹Vielleicht›. Bitte ankreuzen und morgen zurückgeben.»

Ich strich leichterhand das «Ja» an. Spät. Aber ich hatte jetzt, wenigstens im Traum, die Entscheidung getroffen. Sofort machte ich mich auch zu ihm auf den Weg. Er wohnte in einer Stadt, die ich nicht kannte. Die Reise dahin war lang und kompliziert. Ich irrte durch Gassen und Seitenstrassen, ging bergauf und -ab. Dabei erinnerte ich mich sogar daran, dass ich hier in einem früheren Traum schon durchgeschritten war und es ein Irrweg gewesen war.

Ich zückte das Smartphone, um mir die Route angeben zu lassen und Ronny anzurufen. Aber ich wusste immer noch nicht, wie man das Gerät einschaltete. Ich hatte also fünfundvierzig Jahre, fünfundvierzig Jahre, nachdem mir Ronny den Zettel geschenkt hatte, einen Traum. Und ich hatte mich endlich für ein «Ja» entschieden. Aber ich fand einfach den Weg nicht, um meinen Entscheid zu überbringen. Als ich diesmal erwachte, wieder schweissgebadet, hatte ich den immer wieder gleichen, ziellosen Traum über wie noch nie. Aber dann kam die Wende. Viele Wochen später, als sich meine Seele und mein Geist wieder mit dem Freund aus meiner Jugend beschäftigte.

Diesmal schaffte ich es tatsächlich in der Stadt vor seine Tür, wo ich nochmals den Lippenstift nachzog, mir sorgfältig die Haare hinter die Ohren strich und meine Seidenbluse ins Lot zupfte. Dann klopfte ich. Endlich würde ich Ronny eine Antwort geben. Es war jetzt Zeit.

Nach dem zweiten Klopfen wurde die Tür geöffnet und Ronny stand vor mir. «Hallo», sagte ich. «Ich gebe dir den Zettel zurück.»

Ronny sagte auch «Hallo», und dann überreichte er mir einen Kaktus.

Von da an träumte ich nie wieder von Ronny.

12. KARL SELIG UND DIE ROTZGÖRE

«So betrittst du mir nicht den Speisesaal», rief ich Rahel nach, als sie den Servierwagen aus der Küche schob. «Was fällt dir ein! Wir sind ein anständiges Altersheim. Kein Puff!»

Hastig knöpfte ich meine Kochbluse auf und rannte ihr hinterher. «Zieh das an!» Doch die Rotzgöre lächelte einfach und liess mich stehen.

So eine Unverschämtheit! Bei uns wohnten Männer, die man vor der Versuchung bewahren musste. Sie hatten kaum die Schule besucht, waren als Knechte auf dem Hof verdingt gewesen, tranken, hurten herum, und nun waren sie hier versorgt. Früher nannte man uns Armenasyl. Heute waren wir ein respektables Altersheim ausschliesslich für Männer.

Dieses Kind war ein Flittchen, mit ihren roten Fingernägeln, noch roteren Lippen und Haaren wie die Stacheln eines Igels.

Die Hose war ein Skandal. Der junge Mensch konnte kaum atmen, so eng waren die. Und dann noch die schwarz-weissen Streifen, die sich über den Hintern zogen. Und ein Hemdchen, das alles offenbarte, was züchtig verborgen sein sollte.

Zwei lange Wochen hatte ich dem schamlosen Treiben der Göre zugeschaut. Das Flittchen arbeitete in der Putzkolonne und war überhaupt nicht auf den Mund gefallen. Vor zwei Tagen hatte sie dem Arzt gesagt, er solle gefälligst seine Dreckspfoten bei sich behalten, statt ihren Arsch zu betatschen. Ja, sogar den Arzt, der nun dreissig Jahre das Heim leitete, hatte sie schwach gemacht.

Das Kind provozierte alle. Sie war siebzehn und beharrte darauf, dass man sie als Frau Siedler ansprach. Ja, sie nannte sich tatsächlich eine Frau. Welche eine Anmassung. Ein Kind war sie noch. Aber eins, das mit dem Feuer spielte. Sie hatte keine Ahnung, dass Männer wie Tiere waren, die, einmal ausser Kontrolle, sich um nichts mehr scherten.

Ausser Karl. Fünfundfünfzig war ich jetzt. Fünfunddreissig Jahre war ich mit ihm verheiratet gewesen. Gott habe meinen Karl selig. Zwei Jahre war ich Witwe, hatte mein ganzes Leben nie einen anderen Mann angeschaut.

Ich hatte nur Augen für meinen Karl gehabt. Als Gott ihn zu sich holte, viel zu früh, da überliess ich meine farbigen Röcke und Blusen der Kleidersammlung und trug seitdem nur noch Schwarz.

Auch Doris, die Köchin, mit der ich zusammenarbeiten musste, war so eine Liederliche. Sie hatte ein uneheliches Kind von einem Italiener, von dem sie nicht einmal den Nachnamen wusste. So wird es auch mit der Göre enden.

Doris hatte gesagt, ein uneheliches Kind sei keine Schande. Wir würden nicht mehr im Mittelalter leben. Die Zeiten hätten geändert. Die Menschen seien jetzt toleranter. Schliesslich schreibe man das Jahr 1999 Und wenn ihr Kind mal zwanzig sei, werde kein Hahn mehr danach krähen, dass es ein Uneheliches sei.

So verluderten die Sitten. So ging die Moral vor die Hunde. Ich konnte nicht einfach zusehen, wie diese Rahel verwahrloste.

Was wissen sie in dem Alter schon über die Welt? Nichts. Sie denken, sie hätten alle Freiheiten, nehmen die Pille, dieses Teufelszeug, und das Morgen interessiert sie keinen Deut. Aber nicht in meinem Altersheim. Da galten vorderhand noch Anstand und Moral.

Als sie mit dem Servierwagen wieder in der Küche auftauchte und sich bückte, um die Schüsseln von der unteren Ablage zu nehmen, eilte ich zu ihr und herrschte sie an: «Du ziehst jetzt sofort meine Bluse an! Oder du hast den letzten Tag hier gearbeitet! Ich werde dem Herrn Doktor mitteilen, dass du eine verdorbene Person bist!»

«Ey, nun reg dich nicht auf. Alles im grünen Bereich. Du brauchst hier nicht Sittenpolizei zu spielen.»

Frech blickte sie mir in die Augen. Keine Scham. Aber auch keine Achtung. Nichts.

Und dann: «In deinem Alter ist man eh schon ziemlich vertrocknet.»

Mir stockte der Atem. Ich war fast vierzig Jahre älter. Mir gebührte doch wohl Respekt. Und nun kam mir diese Rotzgöre so.

«Du brauchst eine harte Hand. Ich will dich lehren, derart abschätzig mit mir zu reden.»

«Was regst du dich auf? Meinem Freund gefällt's. Du hast mir nichts zu befehlen.»

So war das also heute. Mit siebzehn schon ein Freund. Ich durfte mir gar nicht vorstellen, was sie machten, wenn sie allein in ihrem Zimmer sassen.

Das war nämlich der Gipfel der Unverfrorenheit: Diese Rotznase wohnte selbständig. Tags zuvor, als sie mit der Arbeit fertig gewesen war, wartete so ein Schnodderjunge auf sie. Er hatte ihr seine Hand auf den Hintern gelegt. Und das vor allen Leuten.

Das hätte sich mein Karl nie getraut. Der war ein anständiger Mann, und ich war ein unbescholtenes Mädchen.

Wie kam es nur, dass die Jugend heute so schamlos war? Hatten die keine Eltern, die sie in die Schranken wiesen? Und wo war der Pfarrer, der diese zügellose Bande ermahnte?

Ich lief ins Stationszimmer.

«Herr Doktor», sagte ich, «diese Rahel überspannt den Bogen. Der müssen Sie mal die Leviten lesen. Die führt alle Männer in Versuchung.»

«Ach was, Frau Füchslin. Unsere Heimbewohner kennen die Grenzen. Rahel verrichtet ihre Arbeit gut. Sie lässt sich einfach nichts gefallen.»

Schlug er sich nun auch noch auf ihre Seite?

«Dieses Kind ist verantwortungslos. Sehen Sie denn nicht, wie die sich anzieht? So was gehört sich doch nicht für ein junges Mädchen.»

«Die Sitten haben geändert. Rahel ist anständig. Ich sehe keinen Grund zur Klage.»

«Anständig nennen Sie das? Eine schamlose Person ist sie.»

«Aber Sie, Frau Füchslin, waren Sie denn auch immer züchtig in ihrer Jugend? Kein Kuss, kein verstohlenes Fummeln auf dem Nachhauseweg vom Tanzabend?»

«Was erlauben Sie sich! Mein Ruf war stets untadelig!»

Wütend schritt ich aus dem Büro, auf der Suche nach dem Kind. Wenn der Herr Doktor keine Massnahmen ergriff, musste ich es eben tun.

Die Göre war dabei, die Toiletten zu reinigen.

«Jetzt hörst du mir mal zu, du unverschämtes Ding», fauchte ich und schlug die Türe zu. «Du wirst dich ab sofort anständig anziehen. So erscheinst du nicht mehr zur Arbeit. Ich werde jetzt deine Eltern anrufen und ihnen klarmachen, dass sie dich an die kurze Leine nehmen müssen. Sie haben eine moralische Pflicht. Sie können dir nicht alles durchgehen lassen.»

«Die werden aber lachen, wenn du dich beschwerst. Papa ist bei seiner Freundin. Und Mama amüsiert sich auch irgendwo. Da wirst du auf Granit beissen.»

Die Eltern waren also auch keine moralischen Vorbilder mehr.

Meine Mutter hatte dabeigesessen, als mich Karl besuchen kam. Da galten noch Zucht und Ordnung. Das jungfräulich weisse Hochzeitskleid trug ich mit Stolz. Ich war noch unberührt. Und so müsste es auch heute noch sein.

«Du wirst in Teufels Küche landen, wenn du so weitermachst.»

«Alles halb so schlimm. Aber ich frage mich ein bisschen, ob du eifersüchtig bist. Vielleicht hättest du auch gerne das Eine oder Andere ausprobiert, als du jung warst?»

«Was erlaubst du dir? Mir so etwas zu unterstellen! Eine Unverschämtheit ist das. Eine bodenlose Frechheit!»

«Könnte ja sein, dass es mit deinem Mann gar nicht so toll war, wie du immer erzählst, oder? Könnte ja sein, dass er seinen Appetit anderswo stillte.»

Das schlug dem Fass den Boden aus. «Mein Karl war anständig!», schrie ich sie an und warf die Türe ins Schloss.

Ja, Karl war ein anständiger Mann. Nie hatte ich einen Grund zum Misstrauen gehabt. Wirklich nie.

Das Andere, wovon zu meiner Zeit niemand sprach, war stets nur eine kurze Sache. Es war mir immer unangenehm. Ich mochte es nicht. Und Karl drängte mich nie. Es schien ihm nicht zu fehlen. Wir lebten in Frieden.

Als mein Karl beerdigt wurde, stand da ein üppiger Kranz voller roter Rosen. Auf der Schleife stand: «Danke für die schöne Zeit. Rosmarie.»

Rosmarie? Ich kannte keine Frau dieses Namens.

Es war eine sehr schöne Beerdigung. Viele Leute aus dem Dorf wohnten der Abdankung bei.

Da war auch diese Frau, die ich noch nie gesehen hatte. Sie trug ein schwarzes Kleid, das ihre Unförmigkeit nicht kaschierte. Ihre Schuhe hatten schon bessere Zeiten gesehen. Sie weinte.

Nachdem sich alle verabschiedet hatten, kam sie zu mir. Sie streckte mir die Hand entgegen. Ich reagierte nicht.

«Karl war so ein guter Mann», schniefte sie. «Er hat nie schlecht über Sie gesprochen. In all den fünfunddreissig Jahren, die uns verbanden, nahm er immer auf Ihre Gefühle Rücksicht.

Deshalb wollte er sich nicht scheiden lassen. Nur bei seinem letzten Besuch sagte er, er wolle sich nun nicht mehr verstecken. Wir wollten noch heiraten. Die Ringe hatte er schon gekauft.»

Karl hatte also in beständiger Sünde gelebt. Vor dem Herrn war er verloren. Seine Seele brannte wohl im ewigen Fegefeuer.

Und so würde es auch mit Rahel enden, wenn ich sie nicht rettete.

Nachdem ich über Rosmarie Bescheid wusste, hatte meine Achtung vor Karl arg gelitten. Zuvor war ich erfüllt von unserem friedlichen Leben. Es war meine Berufung gewesen, Karl zu dienen und ihm jeden Wunsch von den Augen zu lesen.

Mit seinem Tod und als ich von dieser Rosmarie wusste, hatte ich meinen Lebensmittelpunkt verloren. Ich konnte das Andenken an Karl nicht mehr ehren.

Aber ich brauchte nun mal eine neue Mission, um meine Enttäuschung über meinen Mann zu ertragen. Und so wurde ich auf Rahel aufmerksam.

Heute zwängte ich sie buchstäblich in meine Kochbluse. Als Rahel die Schüsseln auf den Servierwagen stellte und diesen in den Speisesaal schieben wollte, trat ich ihr in den Weg. «So gehst du mir nicht zu den Männern!»

Unter ihrem lautstarken Protest streifte ich ihr meine Bluse über. Mal schauen, wer hier das Sagen hat.

Der Mensch braucht etwas, worum er sich kümmern kann. Oder sollte ich sagen, ich brauchte dringend ein Ventil für meine Wut auf Karl, weil ich sonst daran erstickte?

Die erste Runde hatte ich gewonnen. Und der Zorn auf Karl war schon ein bisschen gelindert. Fair war es nicht gewesen, was ich tat. Aber hilfreich.

Als die Rotzgöre den Servierwagen in den Speisesaal schob, sah sie aus wie ein anständiges Kind. Ich war sehr zufrieden mit mir.

13. ERFOLG MACHT SEXY

Höchst erfreut über den Erfolg seiner Ausstellungseröffnung blickte Luca Gianni in die Runde: Die Dame im eleganten, rückenfreien Abendkleid klebte einen roten Punkt neben das Bild, ein Ölgemälde, drei Mal drei Meter, fünf grüne Kreise auf Leinwand.

Die ganze Stadtprominenz hatte sich die Ehre gegeben. Der Stadtpräsident hielt die Laudatio und bezeichnete Luca Gianni als den bedeutendsten Künstler Europas. Wie an jeder Vernissage trugen die Herren einen schwarzen Smoking, die Damen Abendkleider. So konnte man den Pöbel draussen halten.

Bis zwei Uhr feierte er seinen Erfolg. Eine Dreimannband spielte Swing. Alle tanzten. Und Luca Gianni war ein paar hunderttausend Franken reicher.

Zwei Wochen später rief die Dame, sie hiess Esmeralda von Reding, an und fragte, ob er ihr das Bild liefern könne. Selbstverständlich und kein Problem. Luca Gianni nahm eine Bohrmaschine und spezielle Wandhaken mit, damit er das Kunstwerk gleich an Ort und Stelle aufhängen konnte. Stilvoll in weissen Handschuhen servierte ein Butler eisgekühlten Weisswein und einen Meeresfrüchtecocktail.

Esmeralda von Reding fand auch Gefallen an der Garderobe des Künstlers. Gianni trug eine farbverschmierte, löcherige Jeans und ein scheussliches, kariertes Hemd mit einem langen Riss im rechten Ärmel.

Zwei Stunden philosophierten sie über die tiefere Symbolik der fünf grünen Kreise.

Seit dreissig Jahren pinselte er fünf Rund auf die Leinwand, mal in Rot, mal in Gelb oder Blau. Als er damals, er hauste in einer Abstellkammer, die auch als Atelier herhalten musste, aus lauter Langeweile fünf geometrische Figuren auf ein A4-grosses Stück Karton sudelte, ahnte er nichts von seinem zukünftigen Erfolg.

Wie viele Künstlerinnen und Künstler, hatte er Landschaften abgebildet, Akte studiert und sich eins ums andere als Expressionist, Impressionist, Kubist und Surrealist versucht. Er hatte die Stadt mit seiner Fotokamera durchstreift, schwarzweisse Abzüge angefertigt, Farbe drübergeklackst. In Stücke geschnitten oder -rissen. Wieder zusammengeklebt.

Nichts von allem liess sich verkaufen. Mit zusammengebissenen Zähnen musste er sich als Fabrikarbeiter verdingen und kontrollierte am laufenden Band, ob die Pralinen korrekt verpackt waren. Jahrelang.

Er kritzelte, pinselte, schnippelte, collagierte. Und fragte sich, was das Geheimnis Jeff Koons, David Hockney und Jasper Johns sein mochte, dass für ihre Werke Millionen hingeblättert wurden. Er kam immer wieder auf seine fünf Figuren zurück. Aber mit jedem Jahr, das erfolglos in der Ferne entschwand, wurden die Kartonstücke und sein Motiv etwas grösser, und er begriff schliesslich die Notwendigkeit eines grösseren Ateliers, das ihm auch als Schlafplatz dienen musste.

In einem ausrangierten Industriebau wurde er fündig. Nun schuf er Gemälde auf Leinwand, einen Meter mal einen Meter, auch die Kreise wuchsen. Er wagte sich an zwei mal zwei Meter, und bei neun Quadratmetern hatte er die Dimension erreicht, die ihm angemessen erschien, seinen triumphalen Einzug in die Kunstszene in die Wege zu leiten.

Von da an kontrollierte er keine Pralinenpackungen mehr. Sondern seinen Kontostand. In allen Jahren seither fand er nie heraus, was sein Geheimnis war und warum die Kundschaft

Zehntausende Franken auf den Tisch legten, um fünf grüne Kreise auf rotem Grund an die Wand hängen zu können.

In Anerkennung seiner bedeutenden künstlerischen Leistungen schenkte die Stadt Luca eine im Verlottern begriffene Villa: zehn Zimmer, ein Speisesaal, im Park uralte Eichen. Ein chinesisches Lusthäuschen mit wild sich windenden Rosen.

Sein Atelier hatte er im Konzertzahl eingerichtet. Überall standen schimmlige Kaffeetassen herum. Fingerdick klebte der Dreck an den Fenstern, man wusste nie, ob es Morgen, Mittag oder Abend war.

Esmeralda von Reding hatte schon wieder angerufen und ihren Besuch angekündigt. Sie bestand darauf, dass er sie in jedes Zimmer und in alle Salons führte, denn, beteuerte sie, so werde ihr sein künstlerisches Schaffen in allen Farbnuancen offenbart werden.

Nach zwei doch eher nicht so ergiebigen Stunden nahmen sie auf dem Ateliersofa Platz. Esmeralda hätte auch mehr als fünfzigtausend für die fünf Kreise bezahlt, damit sie die gleiche Luft atmen konnte, wie der bedeutendste Künstler Europas.

Vorsichtig begann die adlige Dame ihn ein bisschen auszuhorchen. Gab es eventuell eine Geliebte? War sie gar eine aufstrebende Kunststudentin? Existierte eine Exfrau? Oder war er, Hüstel, Hüstel, nicht am weiblichen Geschlecht interessiert? Und könnte er, ein Künstler, der ganz in seiner Arbeit zu versinken hatte, nicht, man wolle sich ja nicht aufdrängen, eine fürsorgliche weibliche Hand gebrauchen, sich diskret im Hintergrund haltend, Kaffeetassen und Teller spülend, die Fenster reinigend, den Müll entsorgend?

Wäre es nicht wunderbar, sich nach einem intensiven Tag, Hüstel, Hüstel erneut, ein wenig verwöhnen zu lassen? Ganz ohne Verpflichtungen...

Nach einer Ausstellung kam Luca Gianni nie zum Malen, weil ihm alle die Tür einrannten. Aber er konnte Esmeralda von

Reding nicht vor den Kopf stossen. Er hatte ihr gegenüber eine gewisse Verpflichtung. Und schliesslich sagte er auch nie Nein, danke, zum Geld.

Also konnte er auch nicht Nein, danke, zur Dame sagen, als sie sich ein weiteres Mal ins Atelier einlud. Nun brachte sie einen eleganten Weidenkorb voll erlesener Spezialitäten mit, Trüffelpasteten, geräuchertem piemontesischem Schinken, krossen Baguettes, erlesensten griechischen Oliven. Zwei Flaschen Weissweins edelster Provenienz auf Eis gebettet.

Luca Gianni war kein eitler Mann. Sein Bart war struppig, die wenigen Haare wirkten räudig. Unter den ungeschnittenen Fingernägeln klebte schwarze Tünche. Der Overall war verschlissen, und in den Wollsocken klafften Löcher. Doch all das verlieh ihm den Nimbus des leicht schrulligen Künstlers, und dessen Tiefgründigkeit wollte die adlige Dame erkunden.

Es war normal, dass sein erotischer Marktwert als Junggeselle um den Faktor hundert stieg, nach einer erfolgreichen Vernissage ohnehin. Alle Damen gaben nach dem zweiten Versuch auf und zogen, mit bedauerndem Blick – und leerem Picknickkorb – von dannen.

Aber Esmeralda von Reding liess nicht locker. Bei ihrer dritten Aufwartung zauberte sie wieder allerlei Leckereien aus dem eleganten Weidenkorb. Sie platzierte zwei Lüster auf dem verschmierten Couchtisch. Und rückte etwas näher. Luca Gianni wurde mulmig. Er rutschte ein bisschen weg. Die Dame folgte.

Dann klirrten die Kristallgläser bedrohlich, Esmeralda von Reding beugte sich vor und küsste seinen Mund. Nicht etwa zurückhaltend, nein. Sie legte ihre Hand an seinen Nacken, zog ihn kräftig zu sich heran, und erst als er nach Luft japste, entliess sie ihn aus dem Klammergriff.

Schon als er sein Glas abstellte, startete sie eine neue Attacke, flüsterte etwas von Begehren, Leidenschaft und Schicksal und stürzte entschlossen auf seinen Mund. Ihre Hand wanderte seinen Oberschenkel hoch. Und sie stöhnte entzückt, packte seine Hand und drückte sie auf ihren Busen.

Luca Gianni stand kurz vor dem Atemstillstand, befürchtete einen Infarkt und schlug auf die Hand auf seinem Oberschenkel. Reflexartig wandte er sein Gesicht ab und versuchte aufzuspringen. Aber die Dame war zielstrebig. Flink setzte sie sich auf seinen Schoss. Als Luca Gianni «Um Himmelsgottswillen» rief, hatte sie sich ihrer Seidenbluse schon entledigt. Das Herz des bedeutendsten Künstlers Europas hinkte und das Atelier drehte sich im Kreis, als Esmeralda wie von Sinnen ihren Rock herunterriss.

Geistesgegenwärtig ergriff der Künstler seine Chance, sprang auf und stiess die Dame zurück aufs Sofa. Erst stolperte er über ihren Rock. Dann verhedderten sich seine Beine in der Seidenbluse, und er warf den Couchtisch um. Aber danach war der Weg frei.

Luca Gianni hüpfte in grossen Sprüngen durchs Atelier. Esmeralda von Reding brauchte nur eine halbe Sekunde, um den Ernst der Situation zu erfassen. Leichtfüssig nahm sie die Verfolgung auf, bekam ihn am Overall zu fassen. Er haute ihr auf die Hand, floh durch das Entrée, riss die Kellertür auf. Sie hintendrein. Vereint polterten sie die lange, steile Treppe hinunter. Sie schnappte nach seinem Arm, klammerte sich fest, und er zappelte wie ein Wurm am Haken. Die Furie besass unglaubliche Widerstandskraft.

Mit eisernem Griff zog sie ihn zu sich, den Mund schon lüstern geöffnet, der Büstenhalter war verschwunden. Ihr heisser Atem strömte auf sein erstarrtes Gesicht.

Kurz bevor ihm die Sinne schwanden, stiess er sie mit aller Kraft, die er aufbringen konnte, von sich und flüchtete sich ins Labyrinth des weitläufigen Kellers.

Fünf Stunden hockte der bedeutendste Künstler Europas hinter einem modrigen Weinfass, erbärmlich frierend und kaum zu atmen wagend, vor lauter Angst, die Dame könnte ihn hören. Als ihm vom langen Sitzen alle Knochen schmerzten, wagte er sich hervor und schlich die Kellertreppe hinauf. Lange horchte er an der Tür. Kein Laut.

Mit angehaltenem Atem schritt er ins Entrée. Alles war still. Den Weg ins Atelier brachte er auf Zehenspitzen hinter sich. Esmeralda von Reding war weg.

Luca Gianni raste zur Haustüre, schob den Riegel vor, legte sich ins Bett und rannte die ganze Nacht um sein Leben. Es bedurfte noch geraumer Zeit, bis der Künstler sein seelisches Gleichgewicht wiederfand.

Auch die nächste Vernissage wurde ein voller Erfolg. Während die Dame im eleganten, rückenfreien Abendkleid den roten Punkt neben dem letzten Bild anbrachte und sich zu ihm umdrehte, lächelte sie ein kleines Lächeln.

Der bedeutendste Künstler Europas wusste genau, wovon dieses Lächeln der Anfang war. Als sie ihm die Hand auf den Arm legte, kippte er um wie ein gefällter Baum und versank in gnädiger Ohnmacht.

14. BÜGELND IN DIE ZUKUNFT

Jean-Claude bügelte. Mit einem topmodernen Dampfbügeleisen plättete er gekonnt ein Hemd. Seit drei Monaten übte er sich in dieser Fertigkeit. Damals hatte er Vivienne kennengelernt. Jean-Claude war überzeugt, dass seine Zukunft vom Bügeln abhing.

Nun stand er mit einer Rolle 110-Liter-Abfallsäcke in seiner Einzimmerwohnung, in der er fünfunddreissig Jahre gelebt oder, besser gesagt, vegetiert hatte. In all den Jahren waren die Rollos gesenkt gewesen und wurde sein tristes Dasein nur schwach von einer nackten Glühbirne beleuchtet. All die Nächte hatte er allein auf dem schadhaften Sofa, zugedeckt von zwei fusseligen Woll-decken, zugebracht. Nicht einmal ein Kissen hatte er gekauft. Eine einzige Pfanne hatte ausgereicht. Denn er kochte nie. Er erhitzte bloss morgens das Wasser für einen faden Instantkaffee.

Der Küchenschrank leer, ein einziger Löffel auf der Ablage neben der Spüle, ein fadenscheiniges Küchentuch, ein Pack Zu-cker, ein Teller, eine Tasse, alles im Singular, ebenso wie er selbst. Im Kühlschrank eine angetrunkene Milchpackung. Kein Kleider-schrank. Kein anständiger Stuhl. Die Kleidung hatte er immer ans Fussende des Schlafsofas geschmissen. Das war Jean-Claude. Ordnung und Behaglichkeit? Fremdwörter. Sauberkeit? Wofür denn?

Jean-Claude war fünfundfünfzig und hatte in den letzten fünf-unddreissig Jahren als Hilfsarbeiter in einem Lager für Küchen-maschinen gearbeitet. Fünfunddreissig lange Jahre verköstigte er sich jeden Mittag in der Firmenkantine. So lange hatte er sich seinem Schicksal ergeben, ohne es zu hinterfragen –obwohl manchmal eine Stimme flüsterte: Du kamst zu kurz. Du hättest was Besseres verdient.

Miete und Steuer hatte er immer pünktlich bezahlt. Pro zwei Jahre kaufte er sich eine neue Hose und zwei Hemden. Hin und wieder gab's ein Paar Schuhe vom Discounter. Im Unterschied zu seiner Wohnung, die ihm piepegal war, hatte er beim Haarschnitt Wert auf Perfektion gelegt. Gleich pingelig wie mit seinen Strähnen war er mit Händen und Füssen. Während er seine Füsse in Lavendel badete, machte er jeweils Maniküre und polierte anschliessend die Fingernägel. Und das hatte Vivienne registriert, als sie auf dem Hotelzimmerbett lagen.

Jean-Claude riss einen Abfallsack von der Rolle und wechselte ins Bad. Schmutzwäsche bedeckte die Ecke, denn in den letzten Wochen hatte er sich nicht darum gekümmert, denn er würde eh nichts davon in seine Reisetasche packen. Er stopfte alte Jeans, Hemden, Unterwäsche und Socken in den Sack. Er zog die zwei Badetücher von der Duschstange. Für die hatte er auch keine Verwendung mehr. Denn er hatte schon ein schön flauschiges gekauft, das er, wenn's dann soweit war, als letztes in seine Reisetasche packen würde. Auch das Billigduschmittel, der Einwegrasierer und der Rasierschaum folgten dem Weg alles Vergänglichen.

Er musste sich in den nächsten Tagen nicht rasieren, denn er wollte einen schicken Dreitagebart wachsen lassen. Das Shampoo aber gelangte in die Reisetasche, denn es war ein teures. Ein bisschen erstaunt war er schon, dass seine fünfundfünfzigjährige Existenz in zwei Abfallsäcken Platz fand.

Als er sie aufs Trottoir stellte, hinterliess er auch sein altes Ich beim Kehricht. Er klebte Abfallmarken aufs Schlafsofa und den Couchtisch. Der Hausabwart würde beides entsorgen.

Unter dem spärlichen Glühbirnenlicht überfluteten ihn kurz zwar heftige Zweifel an seinem Vorhaben. Aber dafür war es jetzt zu spät. Er dachte an Vivienne, die Künstlerin, die ihm, als sie am Strassenfest zwei Flaschen Prosecco getrunken hatten, auf ihrem Smartphone ihre Arbeiten gezeigt hatte. Grossformatiges in Rosa und Schwarz. Für einen Moment war Jean-Claude überfordert gewesen. Aber er überspielte sein Unwissen über Kunst geschickt mit der Frage, woran sie denke, wenn sie male. Eigentlich sinne sie nichts Konkretem nach, erwiderte Vivienne. Es sei eine spezielle Form der Intuition, die sie beim Malen antreibe.

Sie erzählte vom Künstlerinnenleben auf Mallorca. Ihre Eltern waren früh gestorben. Sie war Erbin von Villa und Vermögen, was es ihr ermöglichte, in den nächsten fünfzig Jahren sorglos in den Tag zu leben.

Da blitzte in Jean-Claudes Kopf plötzlich eine Idee auf. Der Weg zum besten Hotel der Stadt war kurz. Vivienne bezahlte.

Bevor sie sich das Frühstück aufs Zimmer bestellten, tauschten sie ihre Telefonnummern. Beim Abschied auf Perron fünf blitzte wieder so eine Idee auf. Und weil der Gedanke ihn faszinierte und ihn schwindlig machte, ging er heim und verfasste sogleich die Wohnungskündigung ebenso wie die seines Jobs.

Tags darauf kaufte er das Bügelbrett und das Dampfbügeleisen. Schon drei Tage später sass er am Tisch und sprach seine ersten Spanischworte. Bis in drei Monaten würde er sich schon ziemlich gut verständigen können. Von nun an ging er jeden Samstag und Sonntag in die Kochschule. Er lernte, wie man Gemüse schonend garte und wie es ging, ein Orangendressing für einen Chicorée-salat zuzubereiten. Ausserdem wurde er in die Geheimnisse der Currygerichte eingeweiht, und er erstaunte, als er mitbekam, auf wie viele Arten man Kartoffeln servieren konnte.

Vor allem jedoch: Mit *ironmännischer* Ausdauer erlernte er das Hemdenbügeln. Das war eine knifflige Angelegenheit. Mit den Jeans wurde er schon fertig, doch die Hemden waren eine schiere Lebensaufgabe. Aber er blickte vertrauensvoll in die Zukunft, denn jetzt wollte er mehr als eine versiffte Absteige, und mehr als einen Hilfsarbeiterlohn. Er wollte ein ordentliches Kuchenstück. Ein sehr grosses Stück.

Nach der Hotelnacht hatte er Vivienne eine SMS geschickt und drei volle Tage mit Bauchweh auf ihr Zeichen gewartet – einen Gruss, sie denke immer wieder mal an ihn. Achtundvierzig qualvolle Stunden zwang er sich verstreichen zu lassen, bevor er sich erneut meldete.

So ging das nun seit drei Monaten hin und her. In jedem Buchstaben, jedem Kommächen, suchte er nach einem Zeichen der Hoffnung, nach der Zuversicht, es würde sich mehr ergeben als die Nacht im Hotel.

Gestern hatte er den besten Herrenausstatter der Stadt aufgesucht, zwei Jeans, sieben Hemden, schwarze Socken, Unterwäsche, einen Kaschmirpullover, ein Jackett und eine Jacke für seltene Regentage angeschafft. Ohne Wimpernzucken legte er in der Schuhhandlung zwei Hunderternoten auf den Tresen, während die schwarzen Lederschuhe in die Schachtel gepackt wurden. Leicht übermütig durch seinen fast schon exzessiven Kaufrausch stattete er noch dem Hutladen einen Besuch ab und trat mit neckischem Strohhut in einer schicken Papiertüte wieder zum Vorschein.

Das Ticket hatte er schon gleich gebucht, nachdem er Vivienne verabschiedet hatte, ohne Rückflug.

Er hatte noch zweitausend Franken auf dem Konto. Nicht einmal auf Dauer würde er sich in Spanien ein Hotelzimmer leisten können. Aber Vivienne würde sicher seine gute Kleidung bemerken.

Er stellte sich in den flirrendsten Farben vor, was dann geschehen würde. Für ihn gab es kein Zurück. Es ging nur noch voraus.

Die Wohnung musste er nicht reinigen, sie wurde totalsaniert. Noch ein Blick in seine Behausung zurück. Dann drehte er den

Schlüssel, warf ihn in den Briefkasten des Hausabwarts und stieg das letzte Mal das muffige Treppenhaus hinab.

Bügelbrett und Dampfbügeleisen stellte er auf dem Trottoir ab und klebte einen Zettel daran. Darauf stand «gratis». Dieser Lebensabschnitt war definitiv vorüber.

Die letzten drei Nächte in der Stadt, in der er sein ganzes Leben verbrachte hatte, wohnte er im Hotel. Er zog seine schicken Kleider an und dinierte im Restaurant.

Er musste noch ein bisschen an seinem Stil feilen, damit es Vivienne nicht peinlich war, wenn sie an einem mit weissem Leinen gedeckten Tisch sassen und der befrackte Ober sie bediente.

Zurück im Hotelzimmer, zog er die rote Samtschachtel aus der Reisetasche und klappte sie auf. Für die beiden Ringe mit den eingravierten Namen und dem Datum ihres Kennenlernens hatte er einen ganzen Monatslohn hingeblättert. Ein Siegel für die Ewigkeit.

In der Nacht träumte er von der balearischen Sonne, von den Stränden und der Villa mit der gut ausgestatten Küche, in der er sein Können demonstrierte. Im Nu zauberte er die leckersten Gerichte auf die Teller. Er sah Viviennes begeistertes Gesicht, die im Atelier vor einer Leinwand stand. Er bügelte ihre Blusen. Auf dem Markt wählte er Gemüse in allen Farben und fangfrischen Fisch für sie aus. Sein Leben würde perfekt werden. Er hatte mehr verdient als nur die Brosamen, die bis anhin vom üppig gedeckten Tisch des Lebens auf den Boden ringsum von ihm gefallen waren.

Der Flug nach Mallorca ging pünktlich vonstatten. Er sandte Vivienne unmittelbar nach der Landung eine SMS: «Lust auf ein Glas Prosecco?»

Wartend und mit etwas hektischem Herzschlag, sass er in einem Strassencafé. Um Mitternacht reichte er dem Taxifahrer Viviennes Adresse. Während der Stunde, in der er behaglich im Fonds des Wagens sass, war er voller Vorfreude auf sein zukünftiges

Leben. Er würde an die Tür klopfen, die Samtschachtel zücken, auf die Knie sinken, und der Rest würde sich von alleine ergeben.

Vor der Villa stellte der Taxifahrer den Motor ab und fragte, ob er warten solle. Nein, nein, lachte Jean-Claude, er werde erwartet.

Das schmiedeeiserne Tor quietschte, als er es aufstiess. Es brauchte ein bisschen Öl, dachte er. Morgen würde er sich darum kümmern. Im blendenden Flutlicht, das den Plattenweg und die umliegenden Beete beleuchtete, fiel ihm auf, dass die Blumen ausserdem nach Wasser gierten, und er schrieb es auf seine To-do-Liste.

Für einen kurzen Augenblick irritierten ihn die geschlossenen Fensterläden. Die Villa wirkte verlassen. Auch nach dem dritten Mal Klingeln hörte er keine Schritte. Das einzige Wahrnehmbare war das Gedröhne seines Herzschlags.

Etwas verunsichert drückte er auf dem Smartphone die Kurzwahltaste für Viviennes Nummer. «Dieser Mobilfunkteilnehmer ist zurzeit nicht erreichbar.»

Schwer atmend und für endlose Minuten seines glorreichen Lebens beraubt, setzte er sich auf die steinerne Treppe. Die ganze Nacht hindurch wählte er ihre Nummer. Vivienne blieb unerreichbar.

Bevor er im Morgengrauen vor Erschöpfung die Augen schloss, dachte er ans Bügelbrett und das topmoderne Dampfbügeleisen.

Im Traum sah er sich, auf der sonnenüberfluteten Terrasse, gekonnt Viviennes Blusen bügelnd.

15. FENG SHUI UND DER WEG ZURÜCK

Nach dem Aufstehen wusste ich, heute war ein bedeutender Tag. Mein Leben würde sich entscheidend wenden. Und das geschah dann auch tatsächlich.

Einige Stunden später spazierte ich durch eine Ladenpassage und blieb vor einem Büchertisch stehen. «Feng Shui» stand auf einem Cover. Keine Ahnung, was das war. Aber es war genau das, was ich brauchte.

Am Abend las ich im Bett das Feng-Shui-Buch durch. Es bot eine Kurzanleitung, wie ich die Wohnung so gestalten konnte, dass die positiven Energien strömten und Glück, Gesundheit und ewige Harmonie Einzug hielten. Das Werk war wunderschön bebildert, die Räume blau, lila, grün und ocker, mit flauschigen Teppichen, Spiegeln mit goldenen Rahmen, auf Tischchen Vasen mit üppigem Blumenschmuck, alles ein einziges Stillleben. Nach so etwas sehnte ich mich jetzt – nach stimmigen Tönen und Schönheit, nach Sonnenblumen und Mohn in formvollendeten Vasen.

Acht Jahre davor hatte ich die Anzeige der Wohnvereinigung in der Zeitung gelesen. Ich war von Osten nach Westen gereist. Zwei Frauen bewirteten mich mit Tee und Vollkornkeksen. Nachdem ich die freistehende Dachwohnung inspiziert hatte, vereinbarten wir, dass ich für eine Nacht dort schlief, als Test, ob die Energien hielten, was sie versprachen. Tags darauf unterschrieb ich den Mietvertrag, reiste zurück in den Osten des Landes, packte mein Hab und Gut in Taschen und wurde eine richtige Genossenschafterin.

Es war eine ganz andere Art des Zusammenlebens als bisher. Traf ich jemanden vor dem Briefkasten, plauderten wir. War der Kaffee alle, begab ich mich lediglich einen Stock tiefer. An Sonnennachmittagen sassen wir Frauen auf dem Sitzplatz, während der Fluss vorüberrauschte. Der Grüntee schmeckte nach Jasmin. Die Kinder spielten daneben in der Wiese, und unsere kleine Welt war vollkommen in Ordnung. Hatte ich kein Buch von Interesse, konnte ich einfach bei jemandem klopfen und fragen. Wir tauschten Zeitungsartikel ebenso wie Kürbissuppen- und Gemüsegratinrezepte. Die Wäsche konnte man auch mal mehrere Tage in der Winde hängen lassen, ohne dass jemand rebellierte. Zur alljährlichen Generalversammlung wanderten wir mit Sack und Pack und einer Kinderschar auf einen Berg, setzten uns in die Blumenwiese und debattierten, bis die Dinge für alle stimmten.

Der achte Sommer zog schon ins Land. Aber irgendetwas fehlte zum vollkommenen Glück. Mir gefiel es nach wie vor ausgesprochen gut in der Genossenschaft. Doch ich musste mir eingestehen, dass ich mich in all den Jahren nur provisorisch eingerichtet hatte. Ich war immer ein bisschen auf dem Absprung.

Nach der «Feng-Shui»-Lektüre wusste ich, dass ich das ändern musste, um hier definitiv Wurzeln zu schlagen. Und das war schliesslich mein Plan. Denn nie wieder wollte ich in einer anonymen Blocksiedlung leben, mit Nachbarn, deren Namen ich nicht einmal kannte, und unter einer rigiden Waschküchenordnung. Um gar keinen Preis.

So legte ich Block und Kugelschreiber bereit und schrieb eine lange Liste, welche Veränderungen es erforderte, um sesshaft zu werden. Am nächsten Morgen klopfte ich beim Hauswart an und legte ihm mein Feng-Shui-Konzept vor. Nicht ohne Misstrauen hörte er sich meine Pläne an. Insbesondere zweifelte er an meinen Handwerksfähigkeiten.

Wortgewandt und tief von der Sache überzeugt schilderte ich die Vorteile einer Feng-Shui-Wohnung, sprach von meiner Sehnsucht nach Farben und Ästhetik, erwähnte, dass wir hier ja tolerant waren, wenn es um die persönliche Entfaltung ging, und nicht kleinkariert daherkamen. Nach drei Tassen Tee erklärte er sich einverstanden.

Ach, Ja, wenn ich eins in der Genossenschaft gelernt hatte, dann, Tee trinken war immer eine gute Möglichkeit, im Gespräch zu bleiben und Kompromisse zu schmieden.

Mit Vorfreude auf mein Werk betrat ich den Malerladen und gab meine Wünsche preis. Alles kein Problem, ich konnte die Töpfe gleich mitnehmen. Im Landwirtschaftsmarkt erstand ich Pinsel verschiedenster Abmessungen, Abdeckband und Plastikfolie zur Schonung des Bodens.

Ich räumte die Wohnung leer, klebte alles sorgfältig ab und legte Plastikfolie aus. Ich war im Element und arbeitete schwungvoll. Beim Öffnen des ersten Farbeimers und Betrachten der lila Farbe wusste ich, dass es megatoll aussehen würde.

Konzentriert strich ich die erste Wand oben in der Schlafgalerie. Die Wirkung von Lila war verblüffend. Der Traum harmonischer Schönheit wurde schon Wirklichkeit.

Zwei Wochen dauerte das Streichen. Immer wieder einmal schaute eine Nachbarin herein. Meine Feng-Shui-Wohnung stiess auf Interesse. Alle Anderen wohnten ganz gewöhnlich, von weissen Wänden umgeben. Aber für mich war das nicht mehr gut genug gewesen.

Mein Reich sollte harmonisch knistern. Die Küche wurde also blau. Der Kamin gelb. Die eine Wand im Wohnbereich erstrahlte grün, eine andere rosa, und das Badezimmer erhielt einen lavendelfarbenen Anstrich. Es war fantastisch, unglaublich, wie sich die Dachwohnung veränderte. Plötzlich war sie meine Wohnung, meine Welt, mein Refugium.

Einen ganzen Tag lang klaubte ich das Abdeckband von Boden und Wänden. Mit Entschlossenheit, dem Glück, der Gesundheit und der Harmonie, sämtliche Hindernisse wegzuräumen, begann ich, den Wandschrank auszumisten und mich alles zu entledigen, was ich in den letzten Jahren gehortet hatte. Als ich die Schiebetüre zuzog, herrschte penible Ordnung. Auch das Regal in der Küche unterzog ich meinem kritischen Feng-Shui-Blick. Dazu die Büroecke.

Nach drei Tagen Schaffen und Ordnen herrschten in meiner Wohnung Gleichklang und Friede. Das Brockenhaus lieferte frische Lampen, einen neuen Tisch und Sessel. Die Pflanzen waren dann das Tüpfelchen auf dem i. Ich rahmte einige Fotos und hängte sie an die Wand. Es roch so neu, und mein Werk war so wunderschön geworden. Ich lud zu einem Abend der offenen Tür, und alle machten ihre Aufwartung und gingen positiv überrascht.

Abends um zehn goss ich den Rotweinrest in mein Glas und setzte mich in den neuen Fauteuil. Im weichen Lampenlicht lauschte ich dem Bachrauschen und liess meine Gedanken einfach schweifen. Ich betrachtete meinen Lebensweg und dachte, dass ich nun ans Ziel gelangt war und mich da befand, wo ich hingestrebt hatte.

Doch dann passierte etwas völlig Unerwartetes. Statt weiterhin erleichtert aufzuatmen, geriet ich plötzlich in tiefes Grübeln. Jetzt, da alles perfekt war an meiner Wohnung, wo die Energien strömen konnten, alles entrümpelt und neu ausgerichtet war, stellte sich gar keine wirkliche, vor allem nicht die erwartete überschäumende Freude ein.

Warum war ich denn nicht zufrieden? Stellte die Genossenschaft doch nicht den richtigen Ort für mich dar? Wieso setzten nun wieder die Zweifel ein?

War ich, als ich vor acht Jahren eingezogen war, nicht Feuer und

Flamme für diese Wohnform gewesen? Hatte es nicht meinem sehnlichsten Wunsch entsprochen, nicht mehr in der Anonymität einer gewöhnlichen Blocksiedlung zu leben? Wollte ich nicht endlich Teil einer Gemeinschaft werden?

Nicht zum ersten Mal in meinem Leben stellte ich das wankelmütige Geschöpf in mir fest. Innert Sekunden konnte ich immer wieder einmal weitreichende Entscheidungen treffen, mir höchste Ziele setzen, und unter Aufbietung aller Kräfte erreichte ich diese dann auch.

Aber gleich spontan marschierte ich alsbald wieder in die Gegenrichtung und liess die Dinge einfach so hinter mir zurück, für die ich mich kompromisslos engagiert hatte.

In meinem Leben hatte es Phasen voller Unruhe gegeben, in denen ich vieles, was ich tat, sterbenslangweilig fand. Immer wieder hatte ich meinen Haushalt in Bananenschachteln verstaut und war zu neuen Ufern aufgebrochen.

Aber ebenso beständig holte mich das Gefühl wieder ein, doch noch nicht wirklich ans Ziel gelangt zu sein.

Ich hatte als Putzfrau und hinter Restauranttresen geschuftet. Ich hatte Surfkurse absolviert und am Judo geschnuppert. Ich hatte mich im Aquarellieren und Töpfern versucht. Aber noch nichts hatte meine unstete Seele überzeugt.

Während dieser Stunden in meiner unzweifelhaft grossartig gewordenen Wohnung fragte ich mich, ob ich eigentlich in der pubertären Phase steckengeblieben war.

Denn nicht nur waren alle Frauen in der Genossenschaft verheiratet und hatten Kinder, und ich war ein ewiger Single und verspürte keine Lust nach Trauschein und Nachwuchs. Auch in meinen Berufen hatte ich nie wirklich das Glück der Zufriedenheit verspürt. Und nun machte mich nicht einmal meine Wohnung froh, die genauso herausgekommen war, wie ich es mir erträumte. Hatte ich vielleicht einen an der Klatsche?

Um Mitternacht setzte ich mich an den Computer, um die Wohnungskündigung aufzusetzen. Meine Zeit in der familiären Genossenschaft war abgelaufen. Einfach so. Ich wollte wieder eine Wohnung mit gewöhnlichen weissen Wänden und Nachbarn, deren Namen ich nicht kannte.

So war das also mit Feng Shui. Dies vollzog sich, wenn die Energien erstmal ungehindert flossen. Dann überkam mich eine plötzliche Klarheit.

Nach drei Monaten stellte ich meine Koffer in der anonymen Wohnung einer grauen Blocksiedlung ab. Ich war zurück, an dem Ort, wovon ich dachte, dass ich dahin nie mehr wiederkehrte.

Seitdem sind satte zwanzig Jahre vergangen. Ich weiss nicht warum, aber ich war hier am richtigen Platz. Auf dem Balkon in der grauen Fassade blühen Geranien, was ich mehr als mein halbes Leben lang viel zu bieder für mich fand. Zwei Jahrzehnte schon bin ich nun Teil eines Blocks, aber ich habe in dieser Zeit nie mehr mein Leben hundertachtzig Grad gewendet. Endlich wurde ich sesshaft. Meine Wohnung ist schon lang kein Provisorium mehr. Ich bin seit langem nicht mehr auf dem Absprung. Jeden Morgen stehe ich mit der Gewissheit auf, dass ich zur Ruhe gekommen bin. Zweifel kenne ich keine mehr.

Dies ist nun wirklich das gute Gefühl. Endlich zu Hause zu sein in fröhlicher Gemeinschaft mit roten Geranien.

Mit Feng Shui habe ich mich nie mehr beschäftigt. Aber ich fragte mich schon hin und wieder, ob es vielleicht nicht doch einen entscheidenden Einfluss hatte auf mein Leben, als die Energien damals lila und blau und gelb und grün und rosa sowie lavendelfarben flossen.

Ob jene Klarheit damals dazu führte, dass auch alte Gedanken stoppten und neue Entscheidungen in Gang kamen. Auf jeden Fall: Mich hat Feng Shui auf den richtigen Weg gebracht.

16. DER EWIGE WINTER DES EINSAMEN ALTERS

«Bleiben Sie neugierig, erkunden Sie neue Welten und geniessen Sie das Leben bis zum letzten Atemzug.» Die quietschfidele Stimme der Psychologin, die sich am Radio übers Altwerden begeisterte, überschlug sich schier. Wütend warf Kathrin das Hirschleder zu Boden. Sie rief empört: «So ein Quatsch!»

Kathrin war müde. Sie versuchte, die Gedanken an einen weiteren grauen Tag zu verdrängen. Grau im Herzen, so meinte sie das. Kurz nach dem Mittag hatte sie das Radio eingeschaltet und sich daran gemacht, das erste Fenster zu putzen. Es war wieder einmal Zeit dafür. Wie schon oft ärgerte sie sich über ihre zu grosse Wohnung mit den zahlreichen Fenstern. Nichts als Arbeit, putzen und Staub wischen, verschaffte einem diese grosszügige Bleibe. Sie wünschte sich noch so sehr eine kleine Einzimmerwohnung mit Gartensitzplatz. Doch eine solche konnte sie sich nicht leisten. Früher, als sie hier noch mit ihrem Lebenspartner Markus zusammengewohnt hatte, waren die dreieinhalb Zimmer ideal. Nun aber lebte sie schon zwanzig Jahre allein hier, und, ehrlich gesagt, erinnerte sie immer noch jedes Bild an jene wundervolle Zeit.

Die antike Uhr, die im Wohnzimmer tickte, kündete von der Freude, die sie in jeder Sekunde empfunden hatte, mit ihm ihr Leben und die Zeit zu teilen. Der Esstisch aus Kirschbaumholz war stummer Zeuge all der glücklichen Stunden und tiefsinnigen Gespräche, die sie bei einem guten Essen mit ihrem klugen, weltoffenen Markus verbracht hatte.

«Sie können auch mit 75 Jahren noch ein Musikinstrument erlernen. Oder eine Fremdsprache trainieren. Öffnen Sie Ihr Herz für Neues. Und freuen Sie sich ruhig täglich über das, was noch geht. Das Altwerden ist ein Lebensabschnitt voller Freude.»

Kathrin schnaubte erzürnt. Sie setzte sich auf ihren Küchenstuhl, denjenigen auf der Linken des Tischs. Für sie gab es das nicht, das freudvolle Älterwerden. Vor zwanzig Jahren, mit gerade mal 55, erlitt Markus eine Hirnblutung. Ausgerecht er, der beredte Mann, verlor die Sprache und war fortan gelähmt. Sein Zuhause war seitdem das Pflegeheim. Kathrin besuchte ihn fast täglich, setzte sich an sein Bett, umfasste seine Hand und erzählte von ihrem Tag. Nur, viel zu schildern gab es nicht mehr. Oft weinte sie auch und haderte mit dem Schicksal. Dreissig Jahre waren sie miteinander unterwegs gewesen. Sie hatten zusammen gehandorgelt und dem Gesang gefrönt. Sommers erwanderten sie die Bergwelt. Sie waren gleich alt. Nicht erst mit 55 Jahre fingen sie an, Pläne zu schmieden, was sie alles noch zusätzlich unternehmen würden, wenn sie pensioniert und ganz frei wären. Auf dem Jakobsweg wandern. Mit dem Rad bis nach Schweden fahren. Sie hatten schon länger Geld gespart und freuten sich, schon in zehn Jahren all das zu verwirklichen. Schon beim ersten Besuch im Pflegeheim erahnte sie, mit welcher Trauer sie fortan durchs Leben schleichen würde. Sie hatte noch zehn Jahre zu arbeiten und fürchtete sich ab jetzt vor dem Tag der Pensionierung. Dabei gab es damals, als sie noch ihren Beruf im Büro hatte, Arbeitskolleginnen, ja gar Freundinnen, mit denen sie spazieren ging oder die sie sonntags früh gar zum Brunch einluden. Aber nach und nach zog Kathrin sich zurück. Denn sie ertrug die Fröhlichkeit der Anderen nicht. Sie fand dafür in sich keinen Grund mehr.

An Ostern oder Weihnachten, wenn ihre Bekannten mit ihrer Familie unter demselben Dach vereint waren, bereute es Kathrin zutiefst, nie Kinder gewollt zu haben. Markus und sie hatten einander genügt. Nun war sie so unendlich einsam, seit er das Wort nicht mehr an sie richtete.

Eigentlich hätte sie das Radio endlich stummschalten, in Jacke und Schuhe schlüpfen, die Handtasche ergreifen, sich auf den Weg zum Bahnhof machen und nochmals in der nahen Stadt in ihr Stammcafé gehen sollen. So wie sie es heute schon wie jeden Morgen nach dem Frühstück getan hatte. Von neun bis elf sass sie draussen an einem Tischchen, trank langsam ihren Milchkaffee, blickte den Leuten nach und fragte sich, wohin sie unterwegs waren.

Sie war nie mehr irgendwo hingegangen, seit ihr Lebenspartner im Pflegeheim lag. Einmal hatte sie eine Woche im Tessin die Kastanienwälder durchwandern wollen. Aber als sie in Ascona aus dem Bus wankte, schüttelte sie die Einsamkeit derart durch, dass sie mit dem nächsten Zug wieder auf die Alpennordseite zurückfuhr. Hart und bitter waren sie, das Alter und das Alleinsein.

Einmal noch holte sie die Handorgel aus dem Schrank, um zu spielen und der Trauer etwas entgegenzusetzen oder wieder etwas aus ihrem früheren Leben hervorzuholen. Doch ihre Finger irrten bloss über die Tasten. Ihre Stimme blieb regelrecht stumm. Sie weinte das Lied fertig, und hatte am Schluss weder Trost noch Erleichterung gefunden, im Gegenteil. Der Balkon war seit zwanzig Jahren blumenleer. Sie brachte die Kraft einfach nicht mehr auf, einer Sache Zuwendung zu geben. Diese hatte sie Markus geschenkt. Der fröhliche Sonnenhut hätte sie bloss verspottet, hätte sie welchen gehegt und gepflegt. Akeleien hätten ihr vorgezeigt, was sie verloren hatte.

Kathrin war nicht die Einzige. An jedem all dieser ebenso sinn- wie hoffnungslosen Morgen sass im Café auch Rudi. Seine Frau war vor elf Jahren an Multipler Sklerose verschieden. Margrit hatte sich mit ihrem Mann auseinandergelebt und stand nun nach zweiundvierzig Jahren Ehe allein da. Stefan bewohnte nach wie vor das Kinderzimmer im Elternhaus bei seiner fünfundachtzigjährigen Mutter. Und auch Röbi – vierundfünfzig Jahre in der gleichen Firma, kaum Zeit für seine Familie – sass nun einfach da und rührte im Kaffee herum. Ebenso gehörte Marlis zur Gesellschaft. Ihr Mann war drei Jahre zuvor bei einem Autounfall aus dem Leben gerissen worden. Ihre einzige Tochter lebte in Kanada. Sie hatten sich seit Jahren nicht mehr gesehen. Alle waren sie ausnahmslos einsam, diese alten Menschen. Und nahezu stumm. Eine neue Sprache jedenfalls erlernte niemand von ihnen mehr.

Das Café war ihr täglicher Fixpunkt, an dem sie sich noch festhielten. Die Einsamkeit erwähnte allerdings niemand. Wenn jemand etwas von sich gab, dann vielleicht Kathrin, die wieder einmal ihre ausgedehnten Spaziergänge dem See entlang schilderte, in den Frühlingen zu jener Zeit, als der Bärlauch duftete und die Vögel ihre Nester bauten. Denn wann hatte sie die letzte Seeumrundung unternommen? Das war vor zwanzig Jahren mit Markus gewesen. Und damals steckte jeder Schritt voll Erzählungen über das gerade Gesehene, auf das sie einander begeistert hinweisen konnten.

Rudi thematisierte seinen Garten und die Salatpflänzchen, die er heute kaufen und setzen wollte. Dabei wusste er haargenau, dass ihm die Kraft dazu fehlte. Und das war seit unzähligen Jahren so, seit nämlich niemand mehr auf ihn wartete. Margrit beschrieb schon jahrelang ihre Kreuzfahrt in Planung. Wie wenn es ihr nicht davor gegraut hätte, mit lauter fröhlichen, weil einander verbundenen Seniorinnen und Senioren zusammenzusein. Marlies wiederum schwärmte vom neuen Kochbuch der italienischen Küche. Heute würde sie Tortellini al Forno ausprobieren. Ganz gewiss. Aber sie ass dann doch jeden Abend Wurstbrot. Es gab ja niemanden, der mit ihr den Tisch teilte. Stefan, der stets

Cola trank, dessen Leben genauso leer war wie das der Anderen, schwieg einfach nur.

Über all das dachte Kathrin nach, als sie die Sendung über das freudvolle Älterwerden hörte. «Auf zum Tanz! Besuchen Sie einen Qigongkurs. Fangen Sie das Aquarellmalen an. Es gibt ja so viel, das es noch zu entdecken gibt», beteuerte die Psychologin mit derart penetranter Fröhlichkeit, dass es bei Kathrin Wut, Kopfschmerzen und Übelkeit erzeugte. Dreiviertel Stunden hörte sie sich das nun schon an. Wieso eigentlich hatte sie nicht längst abgedreht? Kein Wort wurde darüber verloren, dass das Älterwerden nichts als eine grauenhafte Last war, weil man nämlich verloren hatte, was man einst liebte. Das Wort Krankheit blendete die Psychologin offensichtlich aus. Einsamkeit war kein Thema. Die lähmende Enttäuschung über ihr Leben, die Kathrin empfand, die sprach die Dame auf Sendung nicht an.

Kein Zuhause im Sinn der Geborgenheit. Keine Zärtlichkeiten und kein Austausch. Nur schutzloses dem Würgegriff der Einsamkeit Ausgeliefertsein gab es für sie alle doch noch. Statt des frohgemuten Älterwerdens herrschte die Entfremdung von allem Lebendigen. Das war sie, die Realität, wenn man sie mal nicht aus den Augen der aufge- oder überdrehten Psychologin betrachtete, sondern in der Wirklichkeit der Betroffenen stand. Dabei war's ein sonniger Frühlingstag. Für einen Augenblick dachte Kathrin ernsthaft darüber nach spazierenzugehen. Vielleicht müsste sie trotz dem Schweren und Traurigen etwas Freude suchen gehen, irgendwo am Ufer oder im Wald, wo man dem Vogelgezwitscher lauschen und ein paar Sonnenstrahlen auf dem Gesicht spüren konnte. Klar doch, es läge an ihr, schrittweise aus dem Dunkel zu tappen, dem Licht, dem Leben zu, vielleicht zu einem Funken Humor. Aber sie war müde. Sie war nun 75 Jahre alt und hatte keinen Elan mehr, einen Plan zu schmieden, ja nicht einmal für eine kleine Tour. Vor langem, wenn sie mit Markus in den Bergen gewandert war, hatte sie die unbändige Freude ergriffen, und sie hatte gesprudelt vor Energie und Tatendrang.

Ja, gemeinsam hatten sie sich ein freudvolles Älterwerden ausgedacht. Als Paar hatten sie jeden Tag, ja jeden Augenblick auskosten und noch so Vieles erleben wollen. Nun aber machte ihr die bodenlose Leere nur noch Angst. Vielleicht hatte sie noch zwanzig Jahre zu leben. Aber sie wusste nicht, wie sie sie überstehen sollte. Ohne Liebe. Ohne Wärme. In ihren dreieinhalb Zimmern mit den vielen Fenstern hinaus ins Nirgendwo, auf denen der Staub ihres verlorenen Lebens lag, die doch kein Zuhause boten ohne Markus. Sicher, sie hätte gerne wieder einmal gelacht. Und getanzt. Wie damals im Sommer, als sie Markus kennengelernt hatte. Nein, für sie gab es kein freudvolles Älterwerden. Aber Trauer und Schmerz. Und zwar bei jedem Atemzug.

Kathrin stellte das Fensterputzmittel zurück in den Schrank. Wozu die Scheiben reinigen? Wohin würde sie noch blicken? Wozu eine Fassade aufrechterhalten – wenn sie nicht einmal mehr den Lebensmut für ein paar Schritte nach draussen in die Landschaft hatte.

Dieser Frühling würde draussen an ihr vorbeiziehen wie jeder zuvor in den letzten beiden Jahrzehnten. Der Sommer verliefe ohne Wanderungen. Für sie würde es einfach nur noch Winter geben. Aber davon erzählte die Psychologin im Radio nichts. Sie hielt ihren Berufsvortrag. Für sie war das Altwerden eine Theorie und in dieser Gedankenkonstruktion ein einziges, grossartiges Erntefest.

Doch für sie, Kathrin, war es das verflossene Leben und die verpasste Wirklichkeit.

«So ein elender Quatsch!», schrie sie und schmetterte nach dem Hirschleder auch das Radio zu Boden.

111

17. SELBSTCOACHING ODER WIE AUS EINER KAROTTE EINE ERDBEERE WIRD

«Mach mehr aus dir!» So lautete das Mantra, das ungewollt in meinem Kopf hinundherwogte. Und eines Tages dachte ich: Na klar, auch ich mache mehr aus meinem Typ! In mir schlummern bestimmt unentdeckte Talente. Auch ich kann diesen Goldschatz mühelos bergen, wenn ich die richtigen Dinge zur richtigen Zeit am richtigen Ort tue. Allerdings: Dazu brauchte ich einen Coach.

Weil die Hüter des dazu erforderlichen Geheimwissens ihre Erfolgsgarantie aber nicht umsonst preisgaben und weil mein Portfolio notgedrungen noch in der Zukunft lag, kaufte ich mir ein Buch zum Thema «Selbstcoaching». Ich dachte, mit To-do-Listen, eisernem Willen und einem tipptopp aufgeräumten Bücherzimmer würde auch ich glanzvoll, attraktiv und reich werden. Denn nicht weniger als das versprach das Buch.

Auf den ersten Seiten war zu erfahren, dass die Autorin der Selbstcoachingbibel nicht irgendso ein kleines Lichtlein war. Nein, die Dame war eine internationale Grösse. Staatsbeamte, Manager und Politikerinnen hatten dank ihrer Unterstützung den einen richtigen Kurs im Leben gefunden.

Die Autorin betonte auch, dass sie Menschen dabei unterstützen wolle, ihre Träume zu realisieren und somit ein Leben in Fülle und Schönheit zu leben. Alles sei möglich, postulierte sie. Auch, dass aus einem kleinen Rüebli wie mir eine saftige und prächtige Erdbeere wurde.

Also, frisch gewagt und ran an die 101 Schritte, die ich gehen musste, um in roter und knalliger Frische neugeboren zu werden.

Eigentlich war ihr Coachingprinzip recht simpel: Entferne alles aus deinem Leben, das dich daran hindert, mit 200 Prozent Power durchzustarten und dein wahres Ich zu erjagen – endlich das Leben zu leben, von dem du immer träumtest.

So kam ich zum Schluss, dass mein Dasein voller Glanz und durchschlagendem, globalem Erfolg – beispielsweise als Bestsellerautorin –bis dahin wohl daran gescheitert war, dass mein Bücherzimmer ein einziges Chaos darstellte. Das musste ich in den Griff kriegen.

Mein erster Schritt in eine glorreichere Gegenwart bestand im Kauf von 24 Papiertaschen meines Detailhändlers. Freitagmorgens machte ich mich also daran, alle Bücher, die den direkten Zugang zu meinem wahren Potential blockierten, einzutüten.

Einige hundert Titel standen Rücken an Rücken im Regal. Nun musste ich entscheiden, welches ich nicht mehr brauchte. Nun gut, Fussmassage, Gemüsezucht im Geraniumkistchen, Kneippen und Meditation hatten mich zugegebenermassen weder schöner noch erfolgreicher gemacht. Also weg damit. Auch «Mondphasengymnastik», «Auf hundert Liegestützen am Stück innert drei Wochen» und «Digital Detox» hatten mein Leben nicht wirklich beeinflusst.

So ging das den ganzen Werktagmorgen vor sich. Und natürlich war das Aussortieren nichts, das sich im Schnellverfahren durchziehen liess. Denn jedes Buch war mit Erinnerungen und Gefühlen liiert. Alles aus dem Weg räumen, was meiner strahlenden Inkarnation als gefeierter Erfolgsautorin im Weg stand, bedeutete eben auch, mich von alten, liebgewordenen Ideen und Träumen zu verabschieden.

Einerseits machte es Sinn, mal alles so richtig zu entrümpeln. Andererseits hiess das auch, sich selbst jäh in Frage zu stellen.

Davon freilich hatte in der Selbstoptimierungsbibel nichts gestanden.

Aber die wichtigste Frage, die sich da zwischen all diesen Büchern versteckte und nun, da die Reihen sich lichteten, zum Vorschein kam, lautete: Welche unentdeckten Talente schlummern denn überhaupt in mir?

Sollte ich vielleicht Mondphasengymnastiklehrerin werden? Anbieterin von Kursen für Balkonselbstversorgende? War's mir beschieden, die Welt mit einem bahnbrechenden Digitalfasten zu beglücken? Oder bestand meine Lebensaufgabe nicht vielmehr darin, auf Minimalismus zu pochen und also Jüngerinnen und Jünger um mich scharen, die unbedingt erfahren wollten, wie man mit sieben Paar Socken glücklich und frei durchs Leben schritt?

Anfang Nachmittag hatte ich zwölf Papiertaschen mit eliminierten, fürs Brockenhaus bestimmten Büchern gefüllt. Drei Stunden später war das nächste Dutzend beisammen, das auf den Estrich kam.

Der Dachboden als Zwischen- und Ausweichstation war zwar nicht das, was die berühmte Autorin empfahl. Aber ich brachte es einfach nicht fertig, *alle* Bücher, die ich in den nächsten zwölf Monaten nicht lesen würde, zu entsorgen.

Die Coachfrau war da ziemlich radikal. Sie befahl mir auch, alle Energielöcher zu stopfen. Nebst meinem Bücherregal sollte ich also mit zeitfressenden Bekanntschaften, nervigen Nachbarinnen und nörgelnden Freundinnen aufräumen.

Zudem musste ich zehn Rituale in meinem Tagesablauf einbinden. Als Morgenerbauung war eine halbe Stunde Yoga angesagt. Grüntee statt Kaffees war geboten. Die Dusche hatte kalt zu sein. Zum frischen Leben zählte die Vitamintabletteneinnahme. Mittags sollte ich einen Park aufsuchen. Und vor allem steuerte nun das Obstessen meinen Tagesablauf.

Die Lehrmeisterin ordnete auch an, klare Grenzen zu setzen, statt wie bis anhin alles stumm hinzunehmen. So würde ich mein wahres Ich aufspüren. Und jeder Schritt hätte das Potenzial, meine Attraktivität zu steigern. Dergestalt verzaubert, würde ich erfolgreiche Menschen anziehen. Ich erhielte einen wichtigen Job mit Gehaltsverdoppelung in Aussicht gestellt. Die langanhaltende Suche nach einer passenderen Bleibe würde den Erfolg krönen. Und an der nächsten Ecke erwartete mich schon sehnsüchtig Mr. Right.

Bloss, irgendwie fand ich das alles nicht wirklich überzeugend. In Yoga übte ich mich schon seit Jahrzehnten. Grüntee verschaffte mir jedes Mal mit Sicherheit Übelkeit. Gewiss ass ich täglich Obst – was denn sonst? Aber kalt Duschen vermochte ich nicht mit einem glücklicheren Leben zu assoziieren.

Langsam kam mir der Verdacht auf, dass es bei dieser Lebensschule vorab darauf ankam, hyperaktiv zu erscheinen und möglichst viel auf die Schiene zu bringen, um zu sich selbst sagen zu können: Ich habe jetzt so viel Positives in meinen Alltag integriert. Nun muss es mit dem Erfolg klappen.

101 Schritte forderte die Autorin ein. Dann würden alle meine Träume real. Aber das Leben strikte durchzuorchestrieren, eiserne Disziplin an den Tag zu legen und die Nutzung der Zeit dauernd zu optimieren, das genügte noch nicht. Nein, man musste in jeder Sekunde auf dieses eine Ziel hinarbeiten, um in den Kreis jener aufgenommen zu werden, die in Reichtum lebten und ihr Geld für sich arbeiten liessen.

Da waren doch die Mittagsspaziergänge im Park und je eine halbe Stunde Meditation und Stretching abends nicht zu viel verlangt, oder?

Aber wollte mich die Autorin nicht eher in einen Cyborg ummodeln? Um all das auf die Reihe zu kriegen, musste ich funktionieren wie eine Maschine. Wehe aber, wenn dann mal der Strom ausfiele. Dann läge ich flacher auf dem Boden, als in meinem ganzen Vorleben ohne meinen Starcoach.

Als der nächste Morgen anbrach, widmete ich mich wieder meinen Bücherwänden. Zuerst mit dem Staubtuch. Danach sollte ich meine Rumpfbibliothek systematisch wieder einordnen. Als ich dazu kam, meine unverzichtbaren Märchenbücher im Regal aufzustellen, wurde mir klar, was mich an der Selbstoptimierungsbibel störte: Es gab in diesem drakonischen Programm keinen Platz für Musse oder Langeweile. Alles musste unbarmherzig erledigt werden. Bei der kleinsten Trödelei fiele die ganze Erfolgsorganisation schon wieder ins Wasser.

Mal ein Minütchen überlegen, wonach mir die Sinne standen, ein Gedicht voll verschwenderischer Metaphern lesen, mit Restpapier collagieren oder Papierblumen falten und Fotokarten gestalten: für solch gewöhnlich-schöne Dinge fehlte der Platz. Denn diese machten mich, in den Augen der Trainerin, weder attraktiv noch erfolgreicher.

Dabei hatte ich einen Beruf, der mich – nicht immer zwar, vom äusseren Erfolg aber abgesehen – ziemlich zufrieden machte. Wie jedoch sollte ich in meiner durchgetakteten Zukunft zu neuen Ideen gelangen – für eine neue Story oder eine Analogfoto –, wenn mir unerlaubt war, über Sujets nachzudenken? Wenn es untersagt war, die Gedanken fliessen zu lassen und mir auszumalen, wie ich den Wald schwarzweiss aufnehmen und anschliessend retuschieren könnte? Das brauchte doch auch Zeit.

Wo aber diese kreativen Stunden hernehmen, wenn der ganze Alltag, ja der Rest des Lebens dem Diktat meines Erfolgscoachs unterworfen war?

Ich brauchte Gestaltungsraum, in dem ich unproduktiv sein durfte, währenddessen ich hilflose Versuche unternahm und mich freute über das, was an vollends Unbeabsichtigtem und Zufällen herauskam. Das war es, was meine Gedanken regelmässig zum Segeln brachte.

Am Nachmittag von Coachingtag Nummer zwei mutete mein Bücherzimmer an wie eine Werbung aus «Schöner Wohnen». Ich war zufrieden mit mir und belohnte mich mit einem Pflaumentee und Schokokeksen. Denn die Autorin betonte es doch: Man sollte sich jeden Tag etwas Gutes tun.

Um in meiner Selbstoptimierung keinesfalls zu erlahmen, führte ich mir noch die letzten zwanzig Seiten meiner Erfolgsbibel zu Gemüte. Hier aber stand sie, die Quintessenz: Ich sollte mein Leben so organisieren, dass ich nur noch Dinge zu tun brauchte, die Spass machten. Denn so sehe der wahre Erfolg aus.

Die berühmte Trainerin erteilte gleich auch praktische Tipps, wie das gelingen konnte: Zum Beispiel konnte ich eine Putzfrau anstellen, die auch einkaufte, die Wäsche besorgte – und, notabene, den Müll aus meinem Leben und meinem Haus hinaustrug. Es wäre erfolgsversprechend, sich wöchentlich zur Maniküre und Pediküre zu begeben. Die Steuererklärung überliess ich mit Vorteil dem Treuhänder. Und wenn ich die Motivation fürs Marathontraining nicht absolut aufbrachte, mietete ich mir eben einen Sportcoach.

Hauptsache, dem grenzenlosen Spass geschah kein Abbruch. Und wenn ich dann in Bälde nur noch mit den Schönen und Reichen auf der Luxusjacht abhängte, arbeitete auch artig mein Geld für mich. Mein neues Buch aber, das mir endlich den finalen, den durchschlagenden Erfolg bescherte, handelte davon, wie ich mich dank Selfcoaching vom kleinen Rüebli in eine saftige, marktfrische Delikatesserdbeere verwandelte.

Dieser Bestseller würde in achtzig Ländern erscheinen. Stephen King schickte mir eine E-Mail mit der Frage, wie er seine Schreibblockade überwinden konnte.

Und weil das alles nur 101 Schritt entfernt lag, konnten es alle, aber wirklich auch gar alle erreichen.

Nur wurde ich irgendwie den Gedanken nicht los, dass es um etwas ganz Anderes ging – vermutlich um Schritt 102, bei dem ich mich für ein persönliches Coaching bei der Autorin der Optimierungsbibel selbst anmeldete.

Danke, Nein. Ich würde mich in Zukunft selbst coachen. Bloss nicht so, wie es mir die erfolgsversprechende Autorin auferlegte. Ich würde am Montag ins Gartencenter gehen, Tulpenzwiebeln auswählen und ins Geranienkistchen setzen. Ich würde mir west-arabische Märchen anhören und danach ein Mandala zeichnen. Dann machte ich mich an die Arbeit, einen grünen Winterpulli mit einem Blumenmuster zu stricken. Ich sagte mir Rainer Maria Rilkes Gedichte laut vor, während ich meine neusten Fotoideen in der Dunkelkammer ins Licht entliess. Denn ich war nicht scharf darauf, meine eigene Sklaventreiberin zu werden. Mr. Right und so manches mehr im Buch kümmerten mich nicht. Und eine Wohnung hatte ich ja auch schon.

Als ich die Selbstoptimierungsbibel zuklappte, fragte ich mich, ob es tatsächlich Menschen gab, die aus ihrem gewöhnlichen Leben ausbrachen, nachdem sie alle 101 Schritte in die Tat umsetzten und Glück, Ruhm und Erfolg ernteten. Ich zweifelte heftig daran.

Die Botschaft der Autorin, dass man alles erreichen konnte, wenn man die richtigen Dinge zur richtigen Zeit und am richtigen Ort unternahm, war der Lockvogel aller Coachingbücher der Welt. Der Planet lag einem zu Füssen. Man brauchte bloss die richtige Strategie – und wenn es nicht klappte, vielleicht das nächste Coachingbuch oder einen Personalcoach.

Aber es waren nicht Coaches und Coachings, die einem das Leben radikal umkrempelten. Es waren die Dutzenden von Lebenskrisen.

In den Selbstfindungsbibeln der Welt ging es darum, sich selbst in der Rolle der Schönen und Reichen zu betrachten. Es kam darauf an, aus den Träumen auszubrechen, selbst die Heldenrolle einzunehmen und alles selbstzubestimmen – endlich herauszutreten aus der anonymen Schar und Regie in der eigenen Lebensgeschichte zu führen.

Was aber, wenn allen dies gelang? Wie herausragend war dann jeder Einzelne wieder?

Doch am Schluss ging es immer nur ums vernachlässigbare Detail, was die richtigen Dinge waren, wann der richtige Moment dafür eingetreten war und wo sich der geeignete Ort dafür befand. Wenn man darauf eine Antwort gefunden hatte, Ja, dann würde sich der Rest von allein ergeben.

Das Problem bestand bloss darin, dass man manchmal das ganze Leben brauchte, um genau diese klitzekleinen Details zu klären, die den Unterschied machten – zwischen der gemeinen Karotte und der Starerdbeere.

18. SIE TRÄUMTEN VOM MEER UND GINGEN IMMER IN DIE BERGE

Louise warf ihrem Exmann den Hausschlüssel vor die Füsse. Ein gemeinsames Lebenskapitel erreichte das Ende. Sie trennten sich wortlos.

Eric, ihr gemeinsames Kind, weinte. Sein hilfloses Schluchzen verstummte erst in der Nacht, als sie ihn zudeckte und auf all die Bananenschachteln starrte, die sich in der Dreizimmerwohnung stapelten, die fortan ihr Zuhause sein würde.

Louise hatte zu ihrer eigenen Überraschung problemlos einen neuen Vollzeitjob in ihrem Beruf als Drogistin gefunden. Das brauchte sie, um die Privatschule bezahlen zu können, die Eric, der gerade in die Schule kam, besuchen würde. Eine Tagesschule, in der er morgens von sieben bis abends um sechs betreut wurde. Es war eine anthroposophische Einrichtung. Ziemlich teuer. Dafür wurden statt Leistungsdruck und Noten spielerisches Heranführen ans ABC und das Einmaleins geboten. Die Kinder durften oft basteln, zeichneten viel und lernten Lieder, die sie mit eurythmischen Bewegungen verbanden.

Eric hatte sich einen Tornister mit echtem Fell gewünscht, um die Hausaufgaben nach Hause tragen zu können. Gross war seine Enttäuschung, als er erfuhr, dass es zum schulischen Konzept gehörte, die Kinder nicht mit ebensolchen zu belasten. Louise tröstete ihn, und wenn sie fortan gemeinsam im Dorfladen einkauften, legte sie Joghurt, Äpfel und Bananen in seinen Tornister. Stolz marschierte Eric dann jeweils nach Hause.

Sie wohnten nun im dritten Stock eines heruntergekommenen Mehrfamilienhauses, ohne Balkon und Badewanne, billig und ringhörig. Eric weinte, weil er hier nicht mehr allein nach draussen durfte. Louise bastelte mit ihm aus Karton eine Ritterrüstung und ein Schwert. Sie spielten also drinnen Ritterburg, und Eric bekam vor lauter Freude rote Wangen.

Eric war bereits zwei Monate in der neuen Schule, als es einen Tag der offenen Tür gab. Das Schulzimmer war mit Dutzenden Zeichnungen geschmückt. Die Kinder trugen rote Kleider aus Krepppapier, sangen und tanzten mit leuchtenden Augen und strahlenden Gesichtern.

Louise machte Bekanntschaft mit den anderen Eltern. Sie war die einzige berufstätige Mutter, was ihr peinlich war. Dann stellte ihr Eric Manuel, seinen neuen besten Freund, vor und fragte, ob er am Samstag zu ihm spielen gehen dürfe.

Eine Woche später fuhren sie mit dem Zug in die Stadt, nahmen den Bus ins «Lindenbühl», ein ruhiges Quartier, in dem die Kinder auf einer Wohnstrasse Velo fuhren und ebendort auch Himmel und Hölle spielten.

Manuels Mutter, Sabine, war schon etwas älter. Sie trug gerade einen braunen Wollrock, der ihr bis zu den Knöcheln reichte, und einen blauen, gestrickten Pullover. Es war auf den ersten Blick ersichtlich, dass es keine zufällige Garderobe war.

Louise wusste, dass sie sich so etwas nie leisten können würde. Sie schämte sich für ihre schäbige Jeans und das formlose T-Shirt.

Sabine brühte Tee aus Fenchelsamen und Pfefferminze. Der Duft erfüllte den ganzen, fast hallengrossen Wohnraum mit den hohen Decken, der nach Süden ging, auf ein grosses Stück Garten mit lauter Grün hinaus. Sie öffnete eine Tüte Kekse aus dem Bioladen. Auf den Tisch gelangten handgetöpferte Tassen. Zucker gab es keinen.

Sabine sprach von einem Buch über die geistige Entwicklung Sechsjähriger. Ein anthroposophischer Arzt war der Autor. In der Schule war das Buch Kult.

Louise verstand nur Bahnhof. Sie vertuschte ihr Unwissen, indem sie viele Fragen stellte. Der Nachmittag zog sich in die Länge. Als sie wieder im Zug sassen, sprudelte Eric vor Glück. Das war es ihr Wert gewesen. Am Abend bestellte sie das Buch. Es kostete ein Schweinegeld.

Jeden zweiten Freitagabend holte sein Vater Eric mit dem Auto ab. Der Kleine war jeweils so aufgedreht, dass er vergass, seiner Mutter einen Kuss zu geben, ja sogar Tschüss zu sagen. Sie sprach kein Wort mit ihrem Ex. An diesen Wochenenden hatte sie jeweils Zeit, die Wäsche zu machen, die Betten frisch zu beziehen, die Rechnungen zu bezahlen und die Wohnung aufzuräumen und einer Reinigung zu unterziehen.

Als Eric an einem der ersten Sonntage wieder aus dem Auto kletterte, trug er ein Supermankostüm. Die Kartonritterrüstung war vergessen. Louise war wütend auf ihren Ex. Kaum hatte Eric seinen Rucksack in eine Ecke geschmissen, quengelte er wegen eines Computers.

Louise flüchtete sich ins Badezimmer und heulte. Dass sie keine Badewanne hatte, deprimierte sie erst recht zutiefst. Am Samstag war Eric fortan oft zum Spielen ins «Lindenbühl» eingeladen. Seine Mutter begleitete ihn jeweils. Langsam bekam sie einen Begriff des anthroposophischen Vokabulars. Mit Büchern von der Ausleihe arbeitete sie sich ins Thema ein.

Eric gelangte in die zweite und in die dritte Klasse. Er war ein aufgewecktes Kind. Er erlernte das Blockflötenspiel und übte auch ohne Ermahnung sogar am Wochenende.

Die vierte Klasse begann, und Louise fand ihr Leben unerträglich. In der Bibliothek entdeckte sie einen Flyer für eine Ausbildung zur Familienaufstellerin, die mit einem Zertifikat abschloss. Durch die Methode konnten innere Blockaden aufgelöst werden. Sie sollte Klarheit in Beziehungen bringen und destruktive Dynamiken durchbrechen, die in jeder Familie wirkten.

Sie wollte diesen Kurs machen, um sowohl beruflich eine neue Perspektive zu erhalten, als auch die nötige Veränderung in ihrem Leben zu bewirken. Dazu musste sie, ob sie wollte oder nicht, mit ihrem Ex reden.

Die Ausbildung fand an zwei Abenden unter der Woche und an jedem dritten Wochenende statt. Es war ein ziemlicher Kraftaufwand, aber ihr Ex – sie nannte ihn während der Besprechungen bei seinem Namen, Urs – willigte bedingungslos ein, sich in dieser Zeit um Eric zu kümmern, und zwar bei ihr zu Hause.

Beflügelt von seiner Zusage, schob sie ihm einen Prospekt für noch eine Ausbildung, als Aromatherapeutin, über den Tisch, ein Fernstudium, online, mit flexiblen Daten. Beide Kurse dauerten ein Jahr. Zum ersten Mal nach fünf Jahren sprachen Louise und Urs wieder miteinander.

Da sie im Job eine Lohnstufe höher kletterte, mietete Louise eine kleine Wohnung in der Stadt. Mit Badewanne. Im Parterre. Eric konnte jetzt auch seine Freunde einladen und auf dem Sitzplatz spielen.

Jeden Abend, sobald Eric schlief, gönnte sich Louise ein Bad. Dabei erforschte sie intensiv, wie sich die Aromen auf ihren Körper und ihre Seele auswirkten. War sie auswärts für ihren Kurs, verhielt Urs sich absolut zuverlässig. Und wenn sie um elf endlich nach Hause kam, stand ihr Abendessen auf dem Herd.

Begeistert schilderte sie die Erkenntnisse, zu denen sie bei der Familienaufstellung gelangt war.

Während eines solchen Gesprächs teilte sie ihm mit, sie müsse sich Klarheit über ihre gemeinsame Beziehung verschaffen. Dazu brauche es seine Anwesenheit am Kurs. Urs war nicht sonderlich begeistert. Louise aber betonte, dass dies ein wichtiger Teil ihrer Ausbildung sei. Noch etwas widerstrebend, erklärte Urs sich schliesslich bereit. Anfangs lief es nicht rund. Beide trugen noch immer schwer an den gegenseitigen seelischen Verletzungen und den bösen Worten, die sie sich bei all ihren Streitereien an den Kopf geworfen hatten. Aber allmählich fanden sie wieder einen Draht zueinander. Sie konnten nun, auch mittels der professionellen Unterstützung, ihre Beziehung aus einer Distanz betrachten, die ihnen die Möglichkeit verschaffte, die Muster, in denen sie gefangen gewesen waren, zu durchschauen und auch den zerstörerischen Ablauf in ihrem Verhalten zu erkennen.

Sie stiessen schliesslich bis auf den Grund ihrer Beziehung vor. Endlich konnten sie ausdrücken, was sie am Anderen fasziniert hatte, als sie sich vor sechzehn Jahren kennengelernt hatten. Jeden Abend waren sie eng umschlungen nach Hause geschlendert. Sie hatten sich am Gegenüber kaum sattsehen können. Knapp drei Jahre waren sie ein Paar gewesen, als Louise unerwartet schwanger wurde. Vor lauter Glück heirateten sie und kauften ein Haus mit Garten und Pergola.

Eric war ein anspruchsvolles Baby gewesen. Er schlief nie länger als eine Stunde. Die Muttermilch spuckte er aus und schrie nächtelang, was die Eltern an den Rand ihrer Geduld und Kräfte brachte.

Louise kündigte ihren Job. Sie schaffte den Haushalt nicht mehr und war zu erschöpft zum Kochen.

Urs hatte damals getan, was er konnte. Eine temporäre Haushaltshilfe entspannte die Situation ein wenig. Aber dann verlor Urs seinen Job. Er war nun die ganze Zeit zu Hause. Damals stritten sie sich oft Tag und Nacht. Der Hass blieb, auch als Eric auf den Füssen stand und ordentlich zu essen gelernt hatte, und als er sechs war, liessen sie sich scheiden.

All das zerlegten sie nun in Teile. Ihr Leben lag schliesslich wie ein Puzzle vor ihnen. Sie sortierten die Bruchstücke und nannten alles beim Namen. Sie gingen vorsichtig miteinander um, und setzten das Bild neu zusammen.

Nach einem Jahr war Louise selbständige Familienaufstellerin und bot auch Aromatherapien an. Eric hatte gerade das Untergymnasium angetreten. Urs stand längst wieder in einer leitenden Stelle bei einem KMU, arbeitete obendrein aber noch freiberuflich als Yogalehrer, wobei er sich in der Stadt ein Studio mit drei Anderen teilte.

Louise und Urs fanden wieder zueinander. Sie schliefen aber noch in getrennten Betten. Als Eric mit den Pfadfindern im Pfingstlager weilte und sie einige Tage für sich hatten, machte Urs Louise zum zweiten Mal den Heiratsantrag.

Sie tanzten durch ihre Wohnung. Dieses Mal würden sie in der Kirche heiraten, Louise in Weiss, Urs im taubengrauen Dreiteiler.

Und Eric würde ihnen die Ringe reichen. Und die Gäste Reis werfen. In einem alten Postauto ginge es über Land. Ein neues, besseres gemeinsames Leben begänne.

Sie hatten viel zu tun. Sie gestalteten miteinander die Einladungskarten, besuchten die Anprobe beim Schneider. Sie suchten ein Haus in der Stadt, gross genug, damit Louise ihre Klientinnen zu Hause empfangen und Urs sich ein Yogastudio einrichten konnte.

Eric wirkte froh, dass seine Eltern wieder zusammenwaren. Es war ihm bloss unsäglich peinlich, wenn sie sich küssten und umarmten.

Louises Brautkleid war ein Traum aus Stickerei und Tüll mit meterlanger Schleppe. Urs' Zylinder trug die Farbe seines Anzugs.

Eric fühlte sich sehr erwachsen, als er seinen Eltern die Ringe ansteckte. Fünfzig Gäste liessen das Brautpaar hochleben. Alles war schön, und nichts war dem Zufall überlassen worden.

So war es auch in ihrem zweiten gemeinsamen Leben. Louise und Urs vereinbarten jede Woche zwei Gesprächstermine, an denen sie miteinander ihre Beziehung analysierten und sich ihre Gefühle mitteilten. Oft an den Wochenenden besuchten sie Workshops zum Thema Beziehungsarbeit – wo sie Bilder malten, sich verkleideten, andere Rollen ausprobierten und anschliessend immer wieder inspiriert in den Alltag zurückkehrten.

Und so lebten sie wie im Märchen. Manchmal wünschte sich Louise, aus dem ganzen kopflastigen Beziehungskram auszubrechen: Abzuhauen und per Autostopp ans Meer zu fahren.

Urs träumte sich mitunter weit weg: Ans Meer, wo er keine Ichbotschaften mehr zu formulieren brauchte.

Obwohl sie sich sonst alles sagten, von der heimlichen Sehnsucht des Anderen wussten Louise und Urs nichts.

Sie träumten vom Meer und gingen in den Ferien immer in die Berge.

19. DIE LIEBE IM QUADRAT

Ich hatte gerade Ferien. Aber mit wem sollte ich verreisen? Mit Josef lag höchstens eine Schifffahrt auf dem Vierwaldstättersee mit anschliessender Bahnfahrt auf die Rigi drin. Das fand ich nicht gerade verheissungsvoll. Mit Steve wäre durchaus Tauchen auf den Malediven möglich gewesen. Und Andy wäre bestimmt auf einen Roadtrip nach Korsika mitgekommen... Aber ich konnte mich einfach nicht entscheiden. Deshalb setzte ich mich mit Schreibblock, Kugelschreiber und schon mal einem Glas Weisswein vor mir in ein Café. Ich zog mit dem Stift drei senkrechte Linien, schrieb oben Josef, Steve und Andy drauf und malte darunter Pluszeichen hin. In der Mitte trennte ich das Blatt mit einer waagrechten Linie. Darunter kam in die Spalten je ein Minuszeichen. Jetzt musste ich nur noch hinschreiben, welche positiven und negativen Eigenschaften die Männer hatten. Wer am meisten Pluspunkte sammelte, der würde es sein.

Es war schon lange her, dass ich um Mitternacht am Bahnhof gestanden hatte und ein Busticket brauchte. Aber mir fehlten fünfzig Rappen. Eine Gruppe Angetrunkener wollte ich nicht fragen. Lieber lief ich durch die Nacht in mein Zimmer am Stadtrand. Ich sprach eine Frau an, doch sie liess mich stehen. Auf dem Bussteig sah ich einen Mann im Anzug. Auch er wandte sich ab. Ich zählte das Geld nochmals, eine Münze fiel zu Boden, und als ich mich wieder aufrichtete, kam einer daher, braune Jacke, braune Manchesterhose, braune Schuhe. Drei Monate später heirateten wir. Er hiess Josef, war 50 und er arbeitete schon seit Menschengedenken bei der kantonalen Steuerverwaltung.

Er lebte nach fixen Regeln. Jeden Abend «Tagesschau». Samstags Grosseinkauf. Danach Autowaschanlage. Am Sonntag um acht Frühstück. Immer Eier mit Schinken. Nachmittags ein Spaziergang auf dem Land. Spätestens um 21 Uhr ins Bett. Damit er ausgeruht war, wenn er am Montag wieder Zahlen in die Steuerformulare tippen musste. Für mich als Rumänin war das in Ordnung. Ich war 25 und gewillt, Kompromisse eizugehen.

Die einzige Möglichkeit, in der Schweiz zu bleiben, war Heiraten. Das sagte ich Josef auch, und er war damit einverstanden. Ich verdiene als Putzfrau mein eigenes Geld. Jeden Abend steht das Essen pünktlich um sechs auf dem Tisch, und Josef ist zufrieden. Ja und manchmal tauche ich für zwei, drei Tage ab. Josef fragte noch nie, wo ich gewesen bin. Meine Leinenblusen hängen neben seinen Manchesterhosen im Schrank.

Bei einem solchen Abtaucher ins «Colorado», in den Technoklub unserer Stadt, spacte ich gerade mittels ein paar rosa Pillen durchs All, als mein Blick an zwei blauen Augen mit dunklen Wimpern hängen blieb. Ein paar Stunden danach sassen wir im Flugzeug nach Berlin. Es war ja Wochenende. Wir machten zwei Tage durch. Es war Steve.

Am Montag torkelte ich mit einem netten Kokshigh zur Arbeit. Steve verdient ein Schweinegeld als Hundesitter und wohnt in einem Loft, der eine ziemlich verrückte Mischung aus Fitnessstudio und Designermöbelausstellung ist.

Sieben Jahre bildet er nun schon mein Kontrastprogramm zur «Tagesschau». Wir verschwinden immer mal wieder für zwei Tage nach Mallorca, Dublin oder Berlin, feiern das Leben, tanzen uns ins Nirwana, docken zwischendurch an der Erde an und werden wieder nüchtern. Bei ihm zu Hause steht meine Zahnbürste neben seiner.

Andy lernte ich ganz banal im Supermarkt vor der Fleischabteilung kennen. Ich stand schon ziemlich lange vor dem

Kühlregal und studierte das Angebot. Er fragte mich, ob ich etwas für die Pfanne oder für den Grill suche. «Für die Pfanne», antwortete ich. Denn ich hätte leider keinen Grill.

«Ich habe einen», sagte er. Nach einer Stunde sassen wir auf seiner Terrasse. Die Lammkoteletten schmeckten fast wie bei mir zu Hause. Nach dem Essen rauchten wir, in seiner Hängematte schaukelnd, eine Tüte.

Am Wochenende darauf lud Andy Zelt und Angelrute ins Auto. Er kannte einen schönen Platz am See. Fische bissen keine an. Der Weg bis zum Supermarkt war aber nicht weit. So brieten wir Rindssteak und Schlangenbrot über dem Feuer. Bei einer Menge Sangria erzählten wir einander das Leben. So verbanden sich auch unsere Wege.

Andy baut Messestände. Er ist oft auf Achse. Er arbeitet immer zwei Wochen durch und chillt dann sieben Tage. Wenn ich ein paar Nächte durchgetanzt habe und herunterfahren muss, besuche ich ihn. Er besitzt alle Platten von Leonard Cohen. Seine Vinylsammlung füllt insgesamt ein ganzes Wandregal. Wir hören gern Musik, wenn wir in der Hängematte schaukeln und rauchen. Andy erzählt dann oft von Black Moon, einem Lakotahäuptling. Auch bei ihm im Badezimmer stehen Zahnbürste und Shampoo.

Ich sass immer noch im Café und war lang durch meine Erinnerungen geschweift, ohne zu einem Ergebnis zu kommen. Auf dem Blatt stand noch kein einziger Pluspunkt. Die Liste brachte mich einfach nicht weiter. Einen Moment dachte ich, ich könnte ja mit allen drei in die Ferien. Wieso eigentlich nicht? Alle wussten voneinander, und wir lebten in Frieden und Harmonie. Nun gut, Josef war anfangs schon ziemlich angesäuert. Aber ich wasche weiterhin für ihn, und jedes Mal stelle ich, bevor ich verschwinde, genügend Essen parat. Damit ist er zufrieden.

Vier Wochen, nachdem die Liste leergeblieben war, flog ich halt allein nach Malta. Im Hotel entdeckte ich einen Flyer für ein Barockfestival. In einem Kostümverleih fand ich die passende Robe in Rot und Schwarz mit Reifrock und gerüschtem Mieder. Ich steckte meine Haare hoch, steckte den Fächer in die Handtasche und rauschte dem Vergnügen entgegen.

Von Johann Sebastian Bach hatte ich noch nie etwas gehört, aber ich war durchaus bereit für eine neue Erfahrung. Das Orgelkonzert in der St. John's Co-Cathedral haute mich um. Sowas könnte man auch mal in einem Technoklub spielen. Neben mir sass ein Herr mit weissgepuderter Lockenperücke, weissen Strümpfen und in einem massgeschneiderten Rock mit kunstvollen Stickereien. Galant bot er mir nach dem Konzert den Arm an.

Es war Fabrice, und wie Marie-Antoinette und der Sonnenkönig flanierten wir durch die Gassen. Die restlichen drei Tage meiner Ferien verbrachte ich bei ihm in Paris. Er ist Galerist, und alles, was er hat und tut, ist äusserst nobel und stilvoll.

Den Tisch darf ich hier mit Leinenservietten mit gesticktem Monogramm, Meissner Porzellan und Silberbesteck decken. Den Wein trinken wir aus einer Kristallkaraffe, Mineralwasser aus Glasflaschen. Die himmelhohen Decken sind mit goldenen Stuckaturen verziert. Auf dem Fischgrätparkett liegen schwere Perserteppiche. Die Salonfenster offenbaren die ganze Schönheit von Paris, auch by night. Im Bad mit weissem Marmor stehen meine Zahnbürste und eine Reihe Markenparfüms.

Was mich zu all diesen Männern hinzieht? Zu Beginn suchte ich die Abwechslung. Dazu stand ich auch. Ich heuchelte keinem die ewige Liebe vor, denn die gibt es nicht. Es war noch nie eine Romanze von Dauer. Jede nutzt sich durch Wäschebügeln, Staubsaugen, Abwasch und Zähneputzen ab. Ich glaubte nie wirklich an die Liebe. In dieses Wort werden bloss alle Träume der Menschen hineingepackt: Die Hoffnung auf Sicherheit. Oder Schmetterlinge. Auf endlose Küsse, Zärtlichkeit, Umarmungen, Wärme. Frohe Nachrichten, leidenschaftliche SMS. Abenteuer.

Geborgenheit. Turteln in Mondnächten. Und vor allem Hoffnung auf Rettung vor der Eintönigkeit, wenn man die Nächte einsam vor dem Fernseher verbringt. Was aber all die Filme und Lieder betrifft, in denen die Liebe zelebriert wird – na, da gibt es so unendlich viele Menschen, die dem Locken und Versprechen dieser Bilder und Worte verfallen und denken, sie wollen das auch erleben. Dann sind sie auf «Tinder». Ein unverbindliches Date folgt dem anderen. Und wenn's nicht mehr kribbelt, heisst es, es war nett, aber, Sorry, ich suche etwas Langfristiges. Es geht zurück zu «Tinder» und zum erneuten Wischen durch die Profile.

Doch plötzlich ist man fünfunddreissig. Bei den Frauen tickt die biologische Uhr. Die Männer entdecken plötzlich, dass sie noch gerne auf dem Sofa sitzen. Und so findet Eins zum Anderen. Die Hochzeitsglocken zum Mähroboter, das Haus zur Hypothek, die Kinder zur Hüpfburg und die Rindsroulade zum Besuch bei den Schwiegereltern. Aber statt der Schmetterlinge flattern fortan die Motten.

Ich könnte so nicht leben. Ich liebe das Unvorhergesehene und Spontane. Mir bekommt es, in all den Welten unterwegs zu sein, in denen meine Männer leben. Warum sollte ich mich für einen Einzigen entscheiden? Für Kaffee ohne Koffein? Nun ja, manchmal frage ich mich, ob ich irgendetwas kompensiere. Will ich angehimmelt werden? Suche ich nach einer Art Bestätigung? Aber, Nein, nichts von alledem trifft zu.

Ich mag sie, die Leichtigkeit, mit der wir uns begegnen, das Schweben zwischen Himmel und Erde, die flockigen Zuckerwattküsse, den wiederkehrenden Frühlingstau, der auf den Berührungen liegt, wenn wir über die Hängebrücken gehen, die unsere Existenzen verbinden. Und natürlich das Blutrot der Flammen, wenn unsere Begierde erweckt, wenn ich mich fallenlassen kann und trotzdem aufgefangen werde und wenn in meinem Leben alles Gewohnte seine Gültigkeit verliert.

Ich will in keinem Alltag erwachen müssen. Ich möchte einfach weiterschweben, weiterhin begehren, lieben, küssen, berühren, in allen unendlichen, möglichen Dimensionen.

Ich liebe. Ich liebe wahrhaftig. Und ich will nichts Anderes erleben, und zwar jeden Tag – mit Josef und Steve und Andy und Fabrice. In zwei Monaten habe ich wieder Ferien. Ich würde gerne mal nach Kreta. Aber mit wem? Mein Block mit vier Spalten bleibt einfach leer.

Dann gehe ich halt allein. Vielleicht werde ich noch Georgios kennenlernen. Oder Poulos oder Panos – und einfach eine fünfte Spalte zeichnen, in meinen Liebesschreibblock.

20. DIE RAPPENDE ROLLATORGANG

«Kapital oder Rente? Planen Sie Ihre Pensionierung jetzt!»

War ich tatsächlich schon so alt? Der Brief der Versicherung landet im Altpapier.

Im nächsten Postumschlag fand ich den Flyer eines regionalen Seniorenklubs für eine Carreise ins schöne Emmental. Zum Mittagessen gab's Berner Platte. Der Zvierihalt wurde in einer Grossbäckerei abgehalten. Vollkommen machte das Grauen vor der Pensionierung die E-Mail mit den Freizeitangeboten einer Organisation für Seniorinnen. Ich konnte hier orientalischen Tanz für über 65-Jährige trainieren. Es sei eine optimale Art, den Beckenboden zu festigen. Ich wollte nicht pensioniert werden!

Okay, ich hatte es zwar begriffen. Aber erst, als ich unlängst bei einer Internetbestellung mein Alter angeben musste. 57. Das war verdammt nah bei 60.

Apropos Versicherung. Viel zu planen oder vorzusorgen, gab es bei mir nicht: Ich würde nicht mit meinem holden Gatten den Traum vom Leben auf Rädern Wirklichkeit werden lassen und mit ihm durch Skandinavien touren. Ich musste auch kein Siebenzimmerhaus in eine altersgerechte WG umbauen. Denn mir hatte es stets nur knapp für die Dreiraumwohnung zur Miete gereicht. Und dies erst noch bloss in einem bescheidenen Aussenquartier der Stadt.

Mit 65 auf den Weltmeeren segeln, und dies mit einem Ü70? Ein knackiger Vierzigjähriger wäre eher mein Geschmack gewesen. Einen solchen konnte ich vielleicht an der Streetparade finden, mit einem weissen Borsalino und roter Federboa. Das wäre ein guter Anfang für den dritten Lebensabschnitt gewesen.

Ich konnte Netzstrümpfe tragen, schwarzes Mieder und ein Tütü. An meinen Oberschenkeln und meinem Bauch hatte ich allerdings noch zu arbeiten. Doch Zuversicht war bekanntlich die halbe Miete. Auch Ausdauertraining war vonnöten, damit ich an dem Tanzevent nicht am Vorabend schon schlappmachte. So viel zu den Alternativen zur Berner Platte. Weil mir das Thema Alter nun aber doch unfreiwillig nahegebracht worden war, googelte ich einen ganzen Morgen, was über 65-Jährige so machen konnten. Da gab es Wandern im altersgerechten Tempo, ebenfalls bei einer Altersorganisation. Auf den Fotos lachten alle. Keine einzige Frau trug gefärbte Haare. Die Männer schritten voraus. Die Damen trippelten artig hinterher – altersgerechte Gemächlichkeit eben.

Computerkurse schienen für die Altersgruppe ein Muss zu sein. Dabei wollte niemand zugeben, dass die Stunden am Bildschirm auch oftmals Zeitverschwendung waren. Nein, das lief unter Bildung. Wozu auch «Fotografieren mit dem Smartphone» zählte. Sodann konnte man als Assistenz an der Volksschule unterrichten. «Generationen im Klassenzimmer» hiess das. Walzer tanzen wäre sanft und weich und schonte die Gelenke. Bei «Country Line Dance» würde es opportun sein, sich auf Kommando drehen, zwei Schritte vor oder drei zur Seite. Das schien nicht allzu kompliziert. Dazu aber Countrymusik? Die Sentimentalität von «Take Me Home Country Road» und das Jaulen der Steelgitarren und Banjos?

Ich würde definitiv die nächste Streetparade besuchen, und zwar als Hippiebraut, mit Orchideen im Haar und im Neoprenanzug: Der würde dann alles an die richtige Stelle rücken. Allerdings gab es da auch noch Paartanz – alles auf der Webseite der Altersorganisation –, am Mittwochnachmittag im Café. Mit Rhythmik könnte ich das Gleichgewicht und Gedächtnis gleichermassen trainieren und nebenbei ganz ungezwungen Kontakte knüpfen. Klar doch, erst Crèmeschnitten à discrétion. Nachher das Betrachten der Briefmarkensammlung.

Mit Händen und Füssen wollte ich noch nicht in Rente gehen. Und nach diesen Angeboten erst recht nicht mehr. Noch hatte ich nicht vor, mein Gedächtnis beim Sudokulösen spielend zu trainieren. Ebensowenig gedachte ich, mit Gleichgesinnten meiner schöpferischen Ader nachzuspüren und auf Korsika Olivenbäume zu aquarellieren. Ich plante nicht, durch den Botanischen Garten zu wandeln und mir alles über die älteste Lilliensammlung Europas anzuhören, jedenfalls nicht in einer alten Gruppe.

Ich würde mir vielmehr ein Snowboard zutun und die Piste rocken. Und wenn schon Rock, so wäre das beim Elektrogitarrelernen und mittels Gründung einer Ü65-Punkband. Mein Plan war höchstens, Hexe zu werden und mit hundert wilden Weibern und ebensovielen ausgelassenen Kerlen Walpurgisnacht zu feiern. So stellte ich mir die Rente vor – endlich mal so richtig auf den Putz zu hauen. Und sicher nicht, als graue Maus mit Schluppenbluse und Caprihose ans Dorffest zu trippeln.

Ich würde eine Clique um mich scharen, von Frauen, die unter dem Vollmond heulten, und von Kerlen, deren Motorräder dröhnten, und wir würden uns in Leder hüllen und am Baggersee ein ganzes Schwein über dem Feuer grillen. Und wenn dann die Generation Z schon lang im Bett lag, erschallte der Rock'n'Roll über den ganzen See. Und das Morgen war vergessen.

Nicht lange her, hatte ich eine Bekannte auf der Strasse getroffen. Sie hatte früher – in einem anderen Leben und auf einem anderen Planeten – auf einer Alp gehaust, war Systemverweigerin gewesen, hielt Ziegen und hatte Käse und Sauerteigbrot produziert.

Mit dreissig aber, so erzählte sie es mir, erlebte sie beim Heuen eine Erleuchtung, die sie erkennen liess, dass sie in die Stadt und Schriftsetzerin lernen musste. Es folgten noch ein paar Ausbildungen und Schulen. Schliesslich wurde sie Ingenieurin.

Zwischendurch hatte sie auch geheiratet, zwei Kinder bekommen, ein profitables Unternehmen gegründet. Sie konnte sich einen guten Lohn auszahlen. Sie liess sich scheiden und trat mit sechzig ihre Pension an. Denn sie habe die ganze Rennerei sattgehabt, den ewigen Termindruck, den ständigen Produktionszwang, immer das volle Programm. Sie war erfolgreich gewesen – und zur selben Zeit am Ende. Es folgten Burnout, Klinik, der ganze Schlammassel.

Und als wir so redeten, sagte sie etwas, das mich aufhorchen liess. Nach ihrer freiwilligen und frühzeitigen Pensionierung – die sie sich notabene leisten konnte – habe sie keinen Plan für ihr Leben gehabt.

Sie sei bloss mittags aufgestanden, habe zum Fenster hinausgeguckt und eigentlich nicht gewusst, was sie mit sich anfangen sollte. Ein Jahr lang seuchte sie so dahin. Dann aber erfolgte offenbar wieder eine Erleuchtung. Sie gründete ein neues Unternehmen. Nun vermittelte sie ausrangierte CEOs an Jungunternehmer. Es sei ein Geschäft mit goldener Zukunft. Die Rentner seien ganz scharf auf den Job. Täglich habe sie ein Dutzend Anfragen.

Pensionierung sei etwas für Resignierte, das Fussvolk. Nur Verliererinnen und Versager, die es in ihrem Arbeitsleben nie zu etwas gebracht hätten, träten zurück.

«Oh, danke», sprach ich durch die Zähne.

«Was wirst du später einmal unternehmen?», fragte sie mich nun.

«Ich werde mit dem Proletariat bei Servelat und Brot Erstaugust feiern.» Sagte es und drehte mich auf dem Absatz um.

Die Begegnung gab mir trotzdem zu denken. Vor allem gab sie mir Recht. Denn man fiel offensichtlich in ein Loch, wenn man im Rentenalter anlangte. Wenn man ein Arbeitsleben lang dem Erfolg nachgejagt war, aber auch dies nicht genügt hatte, lief man schlicht auf. Es gab keine Perspektive danach. Denn davor hatte es nur den Job gegeben. Und auf dem Rosenkranz stand dereinst: «Sie war reich. Doch für die kleinen Dinge fehlte stets die Zeit. Die Schufterei endete beim Umfallen.»

Und weil das offenbar so schwierig war, googelte ich abermals, um fündig zu werden, wie man die Zeit herumbringen konnte, wenn die Stempeluhr nicht mehr tickte. Obwohl ich mich, wie gesagt, nicht pensionieren lassen wollte. Nie und nimmer.

Ganz oben auf der Liste stand das Kursegeben, zum Beispiel als Finanzberater, wo man lehren und lernen konnte, wie sich das angesparte Kapital gewinnbringend anlegen liess.

Bei den Damen schwang Stilberaterin ganz obenaus, also die Lehre, wie das Seidenfoulard mit Klimts «Kuss» zu drapieren war, so dass es ein bisschen Dekolleté zeigte, aber eben nur so viel, wie es appetitlich war.

Platz zwei bei den Männern war mediterraner Segellehrer. Ein eigener Dreimaster war dabei von Vorteil. Und, wie konnte es auch anders sein, Frauen wurden im zweiten Rang Innendekorateurin, mit Vorliebe auf Mallorca.

Als ich weiterklickte, fand ich auf Youtube tausend Filmchen fürs perfekte Make-up, das jedes welke Gesicht in jugendlicher Frische erstrahlen liess. Wenn dies nicht funktionierte, konnte Frau zum Beautydoc. Denn sie hatte ja beim Finanzberater geübt, wie man Kapital gewinnbringend vermehrte. Bei mir reichte es dann halt bloss nur für eine Migros-Budget-Crèmes zum Aktionspreis. So hörte ich ihn wohl den Ruf der Zeit.

Doch folgen wollte ich ihm nicht. Aber nun, da die Uhr auch bei mir tickte, schnürte ich wohl oder übel ein Massnahmenpacket.

Am Morgen stand ich, während des Kaffeetrinkens, auf einem Bein und übte das Gleichgewicht.

Anschliessend verabreichte ich mir eine eiskalte Gesichtsdusche. Das straffte die Wangen.

Ich schluckte Ginseng, um die Konzentration zu fördern, denn schliesslich wollte ich beim Paartanz nicht aus dem Tritt fallen.

Ich bestellte ausserdem ein Viertausendteilepuzzle mit einem Gartenmotiv Monets, damit ich mich täglich sinnvoll und proaktiv beschäftigen können würde. Ausserdem plante ich, Hängematten an Ü65 mit bescheidenem Budget zu verscherbeln, in denen schaukelnd, sie Seemannslieder Heinos singen konnten. Das würde ihre Gelenke schonen. Als dies meine trüben Aussichten noch immer nicht aufhellte, trieb es mich in die Stadt. Unter Widerstreben kaufte ich eine Federboa.

Dann setzte ich mich auf eine Bank. Den Zug heimwärts erwartend, kaute ich Pralinen. Da kam der Beau daher. Er trug einen Pferdeschwanz und eine ultracoole Lederjacke und setzte sich zu mir.

Mein Jagdinstinkt erwachte aus dem Jahrhundertschlaf. Ich blinzelte. Ich erkannte die Gelegenheit. Dann streckte ich ihm die Pralinenschachtel zu.

Unser Gespräch begann beim Wetter, über die gerade herrschende Bruthitze des Altweibersommers, und es wechselte zum jugendhaften Vergnügen, sich in der Nacht im See abzukühlen.

Der Beau war mein Nachbar vom Block nebenan. Bei der Abendeinladung zauberte ich alles aus den unteren Regalen des Kühlschranks für die Pizza hervor. Ich schnippelte haufenweise Radieschen, Karotten und Tomaten für den gemischten Salat. Vitamine machten fit.

Der Schöne erzählte, dass er E-Gitarre in einer Rockband spielte. Ich outete mich als Saxophonistin, und als ich Birnen, Creme brûlée und Schlagsahne auf den hübschesten Glastellern, die in meinem Geschirrschrank zu finden gewesen waren, auftischte, gelangten wir zum Schluss, dass beide Instrumente sehr gut harmonierten.

Und bei diesem Tête-à-tête wie in den allerbesten Jugendjahren die Teller leergeschleckt und das letzte Tröpfchen Wein ausgetrunken war, lagen auch die Pläne für die Rentenzeit auf der Tafel vor uns.

Wir schwankten zwar noch zwischen Mundart und Englisch für die Lyrics. Aber dies schmälerte unseren Enthusiasmus keineswegs.

Wir würden noch ein paar Verwegene im Alter 65 plus suchen und dann fortan als rappende Rollatorgang den dritten Lebensabschnitt neu definieren – radikal und ausserhalb der bestehenden, gutgemeinten Altersangebote.

Beim Kerzenschein sassen wir zusammen. Je länger die Nacht, desto mehr richteten wir uns auf. Am andern Morgen war es beschlossene Sache: Wir lassen uns frühpensionieren.

Die Zeit war reif. Denn jetzt waren wir jung genug.

21. DIE SEHNSUCHT NACH DEM ERSTEN KUSS

Walters Vorfreude war unbeschreiblich. Bald würde er wissen, wie sich der erste Kuss seines Lebens anfühlte.

Er lauschte andächtig Svetlanas etwas rauchiger Stimme, die ihn sanft umfing und die gemeinsame Zukunft beschrieb: Sie wollte für ihn kochen und backen, Borschtsch, Piroggen und regelmässig Apfeltorte.

Sie erzählte von ihrer Ausbildung zur Kosmetikerin. Wenn sie diese abgeschlossen habe, komme sie zu ihm, ihrem Liebsten. Nur noch sechs Monate solle er auf sie warten.

Walter war Frauen gegenüber total gehemmt. Eine Freundin hatte er noch nie gehabt. Sex kannte er nicht. Er hatte bis zu seinem Vierzigsten bei seiner Mutter gelebt.

Seit zwei Jahren besass er nun wenigstens eine Wohnung. Seine Mutter kam täglich vorbei. Sie putzte, wusch, erledigte die Einkäufe und kochte weiterhin für ihn.

Manchmal war er mit Kumpels unterwegs. Er war der Einzige, der allein war, wenn er nach Hause kam.

Wenn er neben einer Frau sass, brachte er kein Wort heraus. Rang er seine Hemmungen einmal nieder, stotterte er sinnfrei. Seine Scham brachte ihn so zum Zittern, dass er seine Getränke verschüttete. Die mitleidsvollen Kollegenblicke machten die Sache nicht besser.

Wenn er Svetlanas Stimme hörte, stammelte er eigenartigerweise nie. Ganze Sätze drangen aus seinem Mund. Das hatte er noch nie erlebt – mit einer Frau zu sprechen, ihr zuzuhören, von seinem Alltag zu berichten und sie gar nach ihren Träumen zu fragen.

Er hatte einer Frau auch nie gestanden, wie sehr er sich nach Liebe sehnte. Bei Svetlana war ihm das leichtgefallen – und sie hatte seine Sehnsucht erwidert.

Als er nach Feierabend durchs Fernsehprogramm zappte, blieb er bei einem Dokumentarfilm hängen. Die Frau um die es ging, eine Tschechin, die von einsamen Männern horrende Summen erschwindelte, hiess Jana. Walter fühlte kein Mitleid. Die Männer waren selbst schuld, wenn sie leeren Versprechungen einfach Glauben schenkten und sich hereinlegen liessen.

Während des ganzen Dokumentarfilms fühlte er mit Sicherheit, dass ihm so etwas nie passieren würde. Er war extrem schüchtern, das stimmte. Aber er war auch nüchtern und weder dumm noch leichtgläubig.

Seine Svetlana war eine ehrliche Seele. Sie war geschieden. Sie war Mutter einer erwachsenen Tochter, die sie alleinerzogen hatte. Ihre Lebensverhältnisse waren einfach, hübsch und bescheiden. Dass sie zehn Jahre älter war, störte Walter überhaupt nicht.

Von seinem Geheimnis hatte Walter noch niemandem erzählt. Weder seinen Kumpels und schon gar nicht seiner Mutter. Svetlana war seine Schöne. Sein Traum. Für ihre Stimme, die er täglich geniessen durfte, lebte er.

Auch diesen Abend, pünktlich um zehn, hatte er wieder ihre Nummer gewählt. Er hatte auf dem Sofa gesessen, eine Cola getrunken und darauf gewartet, endlich ihre Stimme zu hören.

Zwei Stunden später durchstreifte er sein Appartement wie ein ausgehungerter Tiger. Noch immer versuchte er sie anzurufen. Um Mitternacht musste er spätestens ins Bett.

Das erste Mal seit zwei Wochen geschah dies ohne Swetlanas gehauchten Kuss. Er verstand nichts mehr. Die Einsamkeit lag bleiern mit ihm unter der Decke.

Wie sehnte er sich nach dem ersten wirklichen Kuss Svetlanas. Hernach immer wieder nach den Umarmungen seiner Liebsten, ihren zärtlichen Worten, die er erwidern würde, und nach Intimität und Geborgenheit.

Er wollte nichts weiter, als auch wie die Anderen abends von der Arbeit nach Hause zu kommen, mit seiner Frau zu Tisch sitzen, die auf ihn gewartet, für ihn gekocht hatte und sich für ihn schön gemacht hatte.

War das zu viel verlangt? Seine Kumpels hatten all das auch. Warum nur war es für ihn noch nicht wahrgeworden? Mit der quälenden Angst, immer alleine durchs Leben gehen zu müssen, schlief er endlich ein.

Tags darauf fehlte ihm bei der Arbeit jede Lust und Konzentration. Seine Sorgen lösten sich nicht mehr auf.

Im Film hatte es geheissen, dass es zur betrügerischen Masche dazugehörte, den Kontakt abzubrechen und tagelang zu schweigen. Die Männer würden auf diese Weise emotional ausgehungert. Es zermürbe sie, wenn ihnen das verwehrt bleibe, wonach sie am meisten verlangten – die Zuneigung und geflüsterten Zärtlichkeiten. Das Schweigen, hatte ein Opfer in der Dokumentation erzählt, führte dazu, dass er heulend mit dem Smartphone in der Hand durch die Wohnung taumelte und regelmässig zu keinem einzigen vernünftigen Gedanken mehr fähig war.

Die betroffenen Männer im Film hatten auch von der Pein gesprochen, vielleicht doch wieder allein zu bleiben. Die erneut enttäuschte Hoffnung raubte ihnen fast die Sinne. Wieder abgewiesen zu werden, nachdem ihre Liebe anfangs doch so glühend erwidert worden war, machte ihre Einsamkeit noch viel schrecklicher als zuvor – und machte sie zu allem bereit.

Diese Angst teilte auch Walter am Abend. Noch viel mehr als schon am Vortag fürchtete er sich davor, mit Svetlana nie mehr sprechen zu können.

Hatte sie ihn aufgegeben? War sie seiner überdrüssig? Genügte ihr sein einfaches, gewöhnliches Leben doch nicht, und vor allem war ihr sein Junggesellendasein doch nicht attraktiv genug?

Immer wieder wählte er ihre Nummer. Vielleicht war sie auch verunfallt. War sie angefahren worden und lag verletzt im Spital, ohne dass er es wusste und ihr helfen konnte? Hatte man sie überfallen und war in ihre Wohnung eingebrochen worden? Dies alles war möglich.

Welche Schrecken, er sich auch vorstellte, sie brachten ihn keinen Schritt weiter, solange Svetlana schwieg. Und das tat sie. Das Telefon blieb am Donnerstag stumm. Am Freitag. Und auch am Samstag.

Um auf andere Gedanken zu kommen, ging er mit seinen Kumpels in den Ausgang. Nach dem vierten Bier begann er ein bisschen zu plaudern. Seine Freunde horchten auf. «Hör auf damit», sagten sie einhellig. «Die wird dich nur ausnützen.»

«Nein, ihr seid bloss neidisch. Svetlana ist eine Anständige», gab er zurück. Er fühlte sich verletzt und wurde etwas wütend.

«Pass nur auf», warnten ihn die Anderen. «Das nimmt kein gutes Ende. Sie wird dich gnadenlos ausnehmen. Wenn du eine Frau willst, geh nach Thailand. Dort gibt es Viele, die nicht mehr in den billigen Löchern anschaffen möchten. Sie verlangen nicht viel, nur eine Ehe. Ihre Ansprüche sind gering. Sie sind gute Hausfrauen und verschwenden dein Geld nicht», sagte Karl. Er war selbst durchaus zufrieden mit einer Thailänderin verheiratet.

Den ganzen Sonntag wählte Walter Svetlanas Nummer. Doch bloss das Klingeln hallte in seiner Einsamkeit wider.

Um Mitternacht rief sie ihn an. Aus der verworrenen Geschichte, die sie ihm stockend und weinend erzählte, wurde er nicht ganz schlau. Ihre Tochter war offenbar überfallen worden. Sie lag mit lebensbedrohlichen Stichverletzungen in der Intensivstation. Nur eine Notoperation vermochte ihr Leben zu retten.

Walter war so unbeschreiblich erleichtert, die Stimme seiner Svetlana wiederzuhören.

Am gleichen Abend loggte er sich bei seiner Bank ein und überwies ihr zwanzigtausend Franken.

Auch davon war im Film natürlich erzählt worden: Die Geschichte, dass ein Familienmitglied nur überlebt, wenn die Operation innerhalb der nächsten zwei Stunden durchgeführt werden kann, zählte zu den gängigen Mustern.

Aber Swetlanas Tränen waren echt gewesen. Daran zweifelte Walter keinen Augenblick. Hinzu kam die Foto von ihrer Tochter, die sie ihm geschickt hatte. Diese lag in erbarmenswürdigem Zustand mit geschlossenen Augen und einem Kopfverband in einem Spitalbett. Walter ertrug das Bild fast nicht. Ein Messerstich hatte ihr die rechte Wange aufgeschlitzt. Grauenhaft. Im besten Fall würde sie eine hässliche Narbe für immer verunstalten.

Jeden Abend rief Walter von nun an wieder seine Liebste an, die ein so schweres Schicksal tragen musste. Er hörte ihr stundenlang zu.

Als sie ihn beim nächsten Telefon, wieder mit vom Weinen heiserer Stimme unter herzzerreissendem Schluchzen, um Dreissigtausend bat, gestand er, ihm blieben nur noch fünftausend Franken auf dem Konto.

Sie flehte ihn an, das Geld irgendwie zu beschaffen. Das Leben ihrer Tochter hänge davon ab.

Auch davor war im Film gewarnt worden. Fast alle Männer, von deren Schicksal in der Dokumentation berichtet worden war, hatten einen Kredit aufgenommen, manche vom demselben einschlägigen Institut, das ihnen die Frauen, die sie ausnahmen, allesamt genannt hatte.

Aber Svetlana hiess ihn ihren Retter in der Not. Das schmeichelte Walter. Es stärkte sein Selbstvertrauen und gab ihm Sicherheit.

Am nächsten Tag ging er auf die Bank und schloss einen Kredit ab.

Wieder redeten sie stundenlang. Zum Dank sandte ihm Svetlana eine weitere Foto von sich. Diesmal traute Walter seinen Augen nicht, als seine Svetlana ihn so leicht bekleidet anlächelte. Diese verführerische Frau nannte ihn Liebster.

Walter wählte ihre Nummer, um ihr zu sagen, wie betörend schön er sie finde. Er versuchte es eine ganze Woche lang.

Als er die erste Rate zurückbezahlte, war er immer noch davon überzeugt, dass seine Svetlana jeden Rappen wert gewesen sei. Sie musste sich jetzt um ihre Tochter kümmern. Das verstand er. Viele Tage zweifelte er keine Sekunde an ihrer Liebe.

Zwei Wochen später las er in der Mittagspause die Gratiszeitung. Da blickte ihn plötzlich seine Svetlana an. Es war exakt ihr Bild, mit den wunderschönen blonden Haaren und der gleichen Tapete im Hintergrund, das sie ihm nach der zweiten Überweisung gesendet hatte.

Die Polizei warnte vor der russischen Betrügerbande. Der Link zu einer Website war angegeben. Es war exakt die, auf der er Svetlana kennengelernt hatte. Die Frauen brachten immer wieder die gleiche Masche: Liebesversprechen, Rückzug, Überfall, Notoperation, Retter in der Not.

Walters ganzer Körper bebte. Irgendwie schaffte er es, bis zum Feierabend durchzuhalten. Als er daheim Svetlanas Foto auf dem Smartphone betrachtete, brach er in Tränen aus. Alles war nur gespielt gewesen. Auch mit seinen fünfzigtausend Franken vergnügte sie sich nun in der Karibik.

Zwei Wochen hatte er im puren Rausch gelebt, mit einer fiebrigen Erwartung des ersten Kusses und der ersten Nacht.

Vierzehn Tage und Nächte hatte ihn die Aussicht getragen, auf die grosse Liebe gestossen zu sein. Er hatte keinen anderen Gedanken mehr gehabt als den an Svetlana. Erwachte er, erfüllte sie als Erstes seine Sinne. Beim Kaffeetrinken stellte er sich ihr Lächeln vor. Bei der Arbeit ging ihm alles flugs von der Hand wie noch nie.

Svetlana hatte ihm Energie und Selbstvertrauen gegeben, wie er es noch nie verspürt hatte. Er verbrachte seine Tage wie auf einem Segeltörn.

Mittags schwelgte er im Traum, wie er nach der Heirat mit Svetlana nach Hause ginge und sie ihn mit Piroggen erwartete. Er fantasierte, wie sie ihm vom Balkon aus zuwinkte und schon mal einen Kuss zur Strasse hinabhauchte.

Es wäre ein Leichtes gewesen, Svetlanas Foto zu löschen. Aber nicht einmal das schaffte er, obwohl er wusste, dass es falsch war. Immer wieder blickte er auf das Abbild seiner Träume und Hoffnungen. Dachte er an die Männer aus dem Film und seinen eigenen Verlust, kamen ihm die Tränen.

Sein Leben war wieder armselig wie zuvor. Seinen Kumpels blieb er aus Scham fern. Die Rückzahlung des Kredits brachte ihn ans Limit. Aber das würde er mit den Jahren schaffen.

Manchmal, wenn er seine Einsamkeit nicht mehr ertrug, flüchtete er zu Candy. Er hatte sie einmal auf Tour mit seinen Kumpels kennengelernt.

Im Halbdunkel ihres Etablissements wollte er jeweils nur atmen und schweigen. Sie fand seine Schüchternheit nett. Als sie ihn bei einem Besuch fragte, ob er ihr zweihundert Franken borgen könne, legte er die Note in ihre Hand und umschloss sie zaghaft.

Neben Candy war die Einsamkeit nicht ganz so trostlos. Die Sehnsucht nach dem ersten wahren Kuss erdrückte Walter etwas weniger.

22. EIN HAMSTER AUF SPEED

Ich bin ein Hamster auf Speed und kam auf die fixe Idee, mich in eine 300-jährige Galapagosschildkröte zu verwandeln. Ich hatte schon immer eine Schwäche für diese Tiere gehabt. So ruhig und gelassen wollte ich ebenfalls werden.

Ich wollte auch Salatblätter essen, ohne dabei an die Steuererklärung zu denken. Ich hätte gern nur noch ab und zu meinen Kopf mal hier- und mal dorthin gestreckt. Ich strebte nach einer Art Sanftmut und Nachsicht allen gegenüber, die dem TGV hinterherrannten. Wenn ich genug gesehen hätte, könnte ich mich einfach unter meinen Panzer verkriechen, und alle Verbindungen zur Welt wären gekappt. Das schien mir erstrebenswert.

Der erste Schritt meiner Verwandlung bestand darin, mein ganzes Bewusstsein auf meinen Atem zu fokussieren. Das, davon war ich zutiefst überzeugt, würde so einfach sein wie Schwarzwäldertorte essen. Dabei musste ich nur ein einziges klitzekleines Hindernis überwinden: die Tatsache, dass ich ein Hamster auf Speed bin.

Ich kam schon als so einer auf die Welt. Mit dem Tempo einer Hundertmetersprinterin krabbelte ich als Baby durchs Haus. In der ersten Klasse kletterte ich himmelhohe Bäume hinauf, flinker und sieben Mal schneller als ein Eichhörnchen. Und in der Sekundarschule egalisierte ich den Schweizerrekord über 200 Meter.

Eines Sommermorgens, als die Welt noch schlummerte, setzte ich mich mit untergeschlagenen Beinen an den See. Daumen und Zeigefinger berührten sich. Ich schloss die Augen, damit nichts mich ablenken konnte. Ich atmete die frische Luft ein, ganz tief, in den Bauch, in die Beine und bis zu den Zehenspitzen hinab. Ich liess die Luft wieder ausströmen. Der Atem glitt über den See bis zum anderen Ufer. Und wieder einatmen, diesmal die Arme hinab bis in die Fingerspitzen sowie den Kopf hoch bis unter die Schädeldecke. Und wieder aus. Und ein. Und aus.

Ich dachte schon, so würde ich hier sitzenbleiben bis zum Abend, ach was, bis um Mitternacht. Aber dann hörte ich das Rattern des Laufrads. Ich liess mich jedoch nicht ablenken. Ich atmete erneut ein und aus. Aber auch das Laufrad knatterte wieder.

Ich blieb immer noch unbeeindruckt. Ein und aus. Dann sprühte schon der erste Funke. Ich verharrte immer noch cool. Ein. Doch dann explodierte ein Feuerwerk. Der Hamster grinste. Ich aber schwor: Dich krieg ich schon noch klein.

Drei Minuten hatte ich mich auf den Atem fokussiert. Das reichte noch nicht ganz, um mein Ziel, mich in eine 300-jährige Galapagosschildkröte zu verwandeln, zu erreichen. Nein, es genügte noch nicht einmal für eine kleine Runzel.

Der Hamster frass Hafer und zwinkerte mir zu. Nun gut, wenn's im Sitzen nicht klappen wollte, würde ich eben nordisch Walken. Ich ging heim, zog mir die Sportkleider über, schlüpfte in die Laufschuhe, packte die Stöcke und wollte gerade lostraben wie ein hochgezüchtetes Pferd an einem Trabrennen.

Oh, nein, dachte ich, Traben geht ja nicht. Ich will doch eine Schildkröte werden. Also setzte ich – ganz, ganz langsam – Fuss vor Fuss, und mit jedem Schritt, atmete ich, schön ein und aus.

Für die Strecke von meinem Block bis an den Waldrand benötigte ich als Hamster auf Speed in der Regel sieben Minuten. Nun, da ich die Transformation in eine 300-jährige Galapagosschildkröte ins Auge gefasst hatte, dauerte es drei Mal so lange.

Vor lauter Konzentration aufs Ein- und Ausatmen wurde mir schon mächtig schwindelig. Tja, und wie ich feststellen musste, war in meinem Kopf ziemlich viel los. Da sauste die immer noch nicht erledigte Steuererklärung daher. Der Einkaufszettel flatterte hektisch. Die Bücher drängten, wieder zurück in die Bibliothek zu gelangen. Die Fenster schrien: «Putz mich!». Die Pflanzen flehten um Wasser. Und das Altpapier wollte endlich gebündelt werden.

Und wie wenn all dieses Sausen und Flattern, Schreien und Flehen nicht genug gewesen wäre, gesellte sich noch der Hamster auf Speed mit seinem Haferdoping dazu, und nicht etwa piepsend, sondern mit Donnerstimme sprach er: «Gib schon auf!»

«Warte nur, du Ratte im Hamsterpelz. Dir zeig ich es!» Trotzig setzte ich meinen Weg fort, sehr unnachgiebig. Nach zwei Stunden Müssiggangs wieder daheim, liess ich mich erschöpft auf einen Küchenstuhl fallen. Ich wusste, dass mich meine Beharrlichkeit näher an mein Traumich einer Galapagosschildkröte gebracht hatte.

Aber der Hamster auf Speed süffelte vergnügt einen dreifachen Espresso. Und dann liess ich meinen Galapagopsschildkrötentraum bleiben, für lange Zeit.

Doch wie das so ist mit fixen Ideen, sie ploppen irgendwann wieder auf. Und so trat ich ein paar Monate später in die zweite Phase meiner Verwandlung. Ich buchte fünf Tage Ruhe und Gelassenheit in einem Hindutempel nicht am Meer, aber in einem Bergkanton, nahe den Quellen des heiligen Wassers.

Den Hamster auf Speed stopfte ich in einen Stahlsafe, deponierte diesen im Keller und legte sieben Bündel Altpapier drauf. Den brauchte ich nun wirklich nicht am Ort des Rückzugs.

Die erste Zeremonie erfolgte am Morgen des Tags nach meinem Eintritt. Die Mönche und Nonnen sangen, tanzten und rezitierten heilige Verse. Sie trommelten, und ich chantete mit ihnen das Harekrishnamantra, und während die Gebetskette durch meine Finger glitt, dachte ich, jetzt habe ich es. Der Schlüssel zur Verwandlung in den langsamsten aller Wechselblütler lag nun in meiner Hand.

Nach dem Frühstück – Porridge und Ingwertee– folgten die Mönche und Nonnen ihren heiligen Pflichten. Ich zog mich zurück ins Zimmer, setzte mich auf den Boden und begann mit der Atemübung.

Im Tempel war es sehr, sehr still. Doch ich hörte ein ganz zartes Scharren eines kleinen Pfötchens, wirklich nur so ein Häuchlein. Ich liess mich aber nicht beirren.

Dann vernahm ich so ein Krabbeln, ein feines Trippeln, hernach ein so verdächtiges Knarren, ein Schnurren. Mein Puls explodierte. Ich auch. Ich schnappte meine Siebensachen, rief den Mönchen und Nonnen hektisch «Tschüss» zu, und schon rannte ich zur Bergbahn.

Ich flüchtete heim. Blöderweise spähte ich abends beim Zähneputzen in den Spiegel, und da erschauerte ich ob meines Ebenbilds. Ich war immer noch ein Hamster auf Speed.

Aber trotz allem, ich wollte nach wie vor eine 300-jährige Galapagosschildkröte werden.

Ich weiss nicht, woher ich meine Zuversicht hatte. Aber auf jeden Fall fand ich mich einige Monate später erneut in den Bergen. Diesmal mit zwanzig Anderen aus dem Hamsterrad, die sich für das Schweige- und Meditationsretreat angemeldet hatten.

Tja, so ist das. Nicht alles, was ich anpacke, verstehe ich. Doch über dieses Rätsel dachte ich nicht mehr länger nach, als ich im Schneidersitz ruhte, wieder einmal ein- und ausatmete und zweieinhalb Tage auf Smalltalk verzichtete. Dafür köstliches vegetarisches Essen zu mir nahm. Und das gemeinschaftliche Schnarchen im Mehrbettzimmer genoss.

Und, oh Wunder – ich schaffte es! Die Verwandlung gelang. Ich hatte eine runzlige Haut. Kleine, weise blickende Augen. Ich ass den Salat – und dachte an nichts Anderes als Salat. Ich streckte meinen Kopf hier und dort hervor, und zwar mit sanfter Nachsicht für alle, die dem TGV hinterherrannten.

Und es gab keine Pfötchen mehr, die leise scharrten. Nicht mehr das geringste ungeduldige Rattern und Knattern. Der Hamster auf Speed lag ausgezählt in einer Ecke. Und ich grinste zu ihm hin und dachte, da bleibt er jetzt, und zwar für den Rest meines Lebens.

Ich kehrte in den Alltag zurück. Ich dachte tatsächlich an Hirse, wenn ich Hirse kochte. An die Karotten, wenn ich diese schälte. Ich war das Wasser, das ich trank. Und nichts flatterte und raschelte mehr und stiftete noch Unruhe. Es existierten auch keine jammernden Bücher mehr, die in die Bibliothek zurückwollten. Die Steuererklärung konnte warten. Und wenn ich die Fenster polierte, war es unglaublich, wie sich der Blick auf die Welt geklärt hatte, seit ich zum zweiten Mal in den Bergen gewesen war.

Alles trat aus einem jahrelangen Nebel hervor. Sämtliche Dinge erhielten fortan ihren richtigen Namen: Lesen war Lesen. Und nicht mehr länger das Drehen und Wälzen Tausender Gedanken. Wenn ich Walken ging, erblickte ich jeden Baum, ja ich wurde ein Baum. Ich vereinte mich mit Himmel und Wolken, war Sonne und Regen. Und ich war vor allem Atem, in grösstmöglicher Regelmässigkeit und Gelassenheit – mein Atem sowie der umfassende Atem des gesamten Seins. Und nirgends machte sich auch nur mehr das kleinste Zipfelchen des Öhrchens eines Hamsters auf Speed sichtbar.

Und weil ich für immer in diesem wahrhaftigen Seinszustand verharren wollte, legte ich mich eines Tages aufs Bett, startete die Meditationsapp, atmete ruhig ein und aus, und liess mich von einem Meditationsprofi mit wohlklingender Stimme leiten.

Ich tauchte ab in die totale Entspannung. Sank tief hinunter auf den Meeresgrund meines Ichs. Ich war eine Galapagos-

Wasserschildkröte. Ich schwamm durch die Algen und buddelte im Sand. Ich hielt Plaudereien mit Austern und Regenbogenfischen. Wenn ich an einem Korallenriff vorüberschwamm, guckte ich ein wenig und zog weiter und wollte gerade...

Was? Moment! Was war das? Eine Sinnestäuschung, redete ich mir ein und reiste weiter. Wirklich? Ja, ja, bloss eine Vision. Eine Halluzination vielleicht. Ich war wohl einfach ein bisschen zu tiefenentspannt gewesen.

Doch ich konnte nicht auf sich beruhen lassen, was ich gesehen hatte. Ich schwamm zurück und warf nochmals einen Blick aufs Korallenriff. Nichts. Gut.

Aber was war das? Das war doch – ein kleines Hamsteröhrchen! Ich schwamm näher zu den Korallen. Und, tatsächlich, da sah ich mein altes Ich, frisch und fidel. Nein, mehr als nur putzmunter.

Auf Hochtouren speedete ich da als Hamster mit Taucherbrille und Sauerstoffflasche im Rad. Die sonore Stimme des Meditationsprofi wurde undeutlich und löste sich auf im Nichts. Meine Arme und Beine ruckten und zuckten. Es flatterte und raschelte und es knatterte in meinem Kopf.

Die Steuererklärung war noch nicht erledigt. Das Rückgabedatum der Bibliothekbücher wurde eine Woche überschritten. Die Wäsche lag unerledigt da.

Und als ich hechelnd aus meinem Galapagostraum auftauchte, schaute ich als Erstes auf die Uhr. Ich dachte: Wenn ich den nächsten Zug – den in fünfzehn Minuten – nehme, schaffe ich es noch rechtzeitig in die Bibliothek. Und davor reicht es gerade noch fürs Programmieren des Waschgangs.

So war das mit meiner fixen Idee, mich von einem Hamster auf Speed in eine 300-jährige Galapagosschildkröte zu verwandeln. Ich hatte es tatsächlich geschafft, und ich muss sagen, das Lebensgefühl war sensationell.

Doch ich fragte mich, ob es stimmt, dass die fundamentalen Eigenschaften schon vor der Geburt oder kurz danach festgelegt werden – bei mir eben das Leben als Hamster auf Speed, den ich seitdem nie mehr loswurde, dem ich nie bleibend ausweichen und den ich auch niemals echt austricksen konnte.

Ich hatte gegen dieses Schicksal, diese Prägung, rebelliert, und eine Zeitlang hatte ich gedacht, wenn ich es wirklich, wirklich will, kann ich es erreichen. Und einen Zipfel hatte ich ja auch erwischt.

Nun aber lebe ich weiter als Hamster auf Speed. Der zählt jetzt achtundfünfzig Jahre, und als einzigen Trost bleibt mir der Gedanke, wenn er dann so neunzig oder hundert ist, gelangt er schon zur Ruhe.

Es wird also nur noch zwanzig oder dreissig Jahre dauern, bis ich – rein wegen der menschlich-biologischen Alterung – mein zweites Leben als Galapagosschildkröte beginnen können werde. Und die werden bekanntlich 300 Jahre alt.

Dann habe ich noch genug Zeit, mich in Gelassenheit und Ruhe und in sanfter Nachsicht zu üben. Und nur immer schön Ein und Aus und Aus und Ein.

23. BEUTESCHEMA

Sollte er die Badewanne ansprechen? Seine Fantasie machte einen doppelten Salto. Oder eher die rückenfreundliche Matratze? Ihre kurzen Haare hatten das erotische Potential eines Kaktus. Aber es war Herbst. Da konnte er nicht wählerisch sein.

Auch an diesem Morgen hatte ihn das gnadenlose Prasseln des Regens aus dem Schlaf gerissen, und er hatte laut über sein beschwerliches Dasein gejammert. Verbittert war er mit dem kaputten Regenschirm zu den Duschen geschlurft. Seine fingerhutkleine Zuversicht verliess ihn vollends, als er nackt und frierend in der Kabine stand, nach dem Portemonnaie wühlte und feststellte, dass er es im Wagen vergessen hatte.

Mürrisch trat er in die beschissene Kälte und in den noch beschisseneren Regen hinaus. Zehn Quadratmeter gähnende Leere und chronische sexuelle Unterversorgung lauerten auf ihn. Er tröstete sich mit der Aussicht auf einen Kaffee. Doch, kam ihm in den Sinn, der war alle.

Warum nur war das Leben mit ihm so unerbittlich? Was hatte er sich zuschulden kommen lassen? Zwanzig Jahre hatte er bei einer Tageszeitung als Korrektor gearbeitet. Dann war er weggespart worden. In den ersten Wochen bekümmerte ihn das nicht wirklich. Dann würde er eben selbständig. Flugs bastelte er eine Homepage, platzierte seinen Flyer an den schwarzen Brettern der Unis, Supermärkte und auf Facebook. Er bewarb sich bei einem Dutzend Verlagen. Nie bekam er auch nur eine einzige Antwort.

Danach versuchte er es als Nachhilfelehrer, in Deutsch,

Französisch und Englisch. Er bot Gitarrenunterricht an und sandte sein Motivationsschreiben an zahlreiche Musikschulen.

All diese Anstrengungen führten ihn auf direktem Weg auf den Campingplatz. Wie ungerecht doch das Leben war, dachte er während der ersten Nacht im zugigen Wohnwagen. Als vier Wochen später die ersten Schneeflocken vom Himmel tanzten, sass er trübsinnig in seiner Zündholzschachtel und wünschte sich, er hätte in den fetten Jahren gespart. Doch dieser Gedanke brachte ihn auch nicht weiter.

Im Sommer war das Leben auf dem Campingplatz die Wonne. Da kamen Frauen mit Zelten. Er zeigte ihnen die Schönheit der Wälder in der Umgebung. Nach Bier und einem gummigen Fertigfondue, das er für solche Gelegenheiten im Kühlschrank hatte, kamen sie endlich zum Wesentlichen.

Aber im Herbst zog es die Temporärcamperinnen zurück in ihre Wohnungen. Leider hatte ihm noch keine das Angebot unterbreitet mitzukommen. Dabei war er immer so charmant. Im Schein der Stirnlampe kochte er unter dem Vorzelt Pilzrisotto oder briet Kartoffeln und Würstchen. Sogar Wein kredenzte er, für drei Franken die Flasche. Er betonte immer, dass es ein exquisiter Tropfen sei, für eine aussergewöhnliche Lady. Er goss ihn immer in eine Karaffe, damit die Dame das Etikett nicht sah und sein kleiner Schwindel nicht aufflog.

Um Mitternacht nahm er jeweils die Gitarre zur Hand und intonierte «Killing Me Softly With His Song». Seiner Stimme verlieh er einen rauen und verlangenden Klang. Am Morgen lief er frühzeitig zum Laden auf dem Platz mit den viel zu teuren Produkten. Er erstand Schinken, Brötchen und Butter, eilte zurück, brutzelte Eier in der Pfanne, schnitt Tomatenscheiben und weckte seinen One-Night-Stand mit einer Tasse Instantkaffee. Aber all seine Mühen trugen keine Früchte. Nie wurde etwas Bleibendes.

Vor fünf Jahren, als er den ersten Herbst auf dem Campingplatz erlebte, war es für ihn ein grosses Abenteuer gewesen. Selbstverständlich erzählte er den Frauen, dass er es liebte, wenn der Wohnwagen vom Sturm erbebte und der Regen Sturzfluten aufs Dach herniederliess. Stundenlang könne er dieser Herbstsinfonie lauschen. An milden Tagen wandere er oft dem See entlang, vereinigte sich mit den Elementen und spüre den universalen Atem.

Beeindruckt lauschten die Frauen und nannten ihn einen harten Kerl. Ja, hart im Nehmen war er. Aber in Wahrheit war er in den letzten fünf Jahren nicht härter geworden, ganz im Gegenteil. Wenn er den Angebeteten sein Leben auf dem Campingplatz schilderte, konnte er stundenlang philosophieren, dass er Normen hinterfragte und nach seinen eigenen Regeln lebte. Er diskutierte Unabhängigkeit und Freiheit, beschrieb die berührende Schönheit der Sonnenaufgänge und den betörenden Anblick der Sterne, und er schwärmte vom selbstgewählten Minimalismus, mit dem er den Wohnwagen eingerichtet habe. Dass ihn die finanzielle Not und die vergebliche Suche nach einem neuen Job in seinem Beruf auf den Campingplatz getrieben hatten, verschwieg er geflissentlich.

Ein Jahr davor zu dieser Zeit hatte er überlegt, ob er sich eine Wohnung suchen solle. Doch als er das Budget plante, wurde ihm schnell klar, dass das Geld hinten und vorne nicht reichte. Und überhaupt, ein Mansardenzimmer in der trostlosen Agglo machte ihn auch nicht attraktiver.

Nun sass er also in dieser Bar. Es war der fünfte Abend auf seiner Suche nach einer Badewanne oder rückenfreundlichen Matratze. Er wollte es sich für einige Wochen gemütlich machen. Ein Vollbad war es, was er brauchte, mit einem Glas prickelndem Prosecco auf dem Wannenrand. Sie würde in der Küche hantieren und Filet im Teig zubereiten. Er hatte jetzt lange genug von Teigwaren gelebt, denn für Bratkartoffeln mit Würstchen reichte es nicht immer.

Während er in grösstmöglicher Langsamkeit sein Bier trank, erkundete er unauffällig die Möglichkeiten. Die Badewanne trug schulterlanges Haar. Er schätzte sie auf fünfzig. Ihre Brüste machten den Anschein eines Leckerbissens, von dem er gerne genascht hätte.

Sein Blick wanderte zur rückenfreundlichen Matratze. Sie war in seinem Alter, etwa sechzig. Er stellte sich vor, wie sie ihre Kleider abstreifte, und erblickte die Dellen an den Oberschenkeln und den schwabbeligen Bauch vor sich.

Frauen seines Alters strahlten nurmehr wenig Erotik aus. Sie waren verblüht und kickten seine Fantasie nicht an. Nur die noch kälter werdenden Tage könnten seinen Eindruck etwas mildern.

In einer Nische machte er eine dritte Kandidatin aus. Sie trug ihr Haar frech auf eine Seite gekämmt. Es war braun, nicht blond. Aber von Details durfte er sich nicht allzu sehr aufhalten lassen.

Sie war um die vierzig, hatte ein Nasenpiercing und trug ein kurzes Top, das eine Handbreite ihres appetitlichen, flachen Bauchs sehen liess, den sie wohl als Stammgast eines Fitnesscenters trimmte.

Er stellte sich vor, wie sie zusammen in die Sauna gehen und alle Männer hinter ihr hergeifern würden. Gerade als er sein Bier nehmen und zu ihr hinüberwechseln wollte, trat ein Arnold-Schwarzenegger-Klon durch die Tür. Er steuerte direkt aufs bauchfreie Top zu und küsste ihren Mund.

Er bestellte ein zweites Bier. Die Sechzigjährige trank einen teuren Cocktail. Sie trug eine schwarze weite Hose und eine Bluse mit Blumenprints, nicht das, wonach er gierte. Eine rückenfreundliche Matratze würde ihn schon reizen. Aber mit dem Blumenprint darauf liegen?

Auf der Getränkekarte kontrollierte er, was der Cocktail kostete, an dem sie nippte. Fünfzehn Franken. Und sie trank bereits den Zweiten. Geldsorgen schienen nicht ihr Fall zu sein.

Im Gegensatz zu ihm. In seinem Portemonnaie lagen fünfzig Franken Stempelgeld. Sollte er sie zu einem Drink einladen? War das zu plump? Bestünde auch einfach die Möglichkeit, zu ihr hinzugehen und ihr ein Kompliment zu ihrer gewagten asymmetrischen Kurzhaarfrisur zu machen?

Er trank wieder einen Schluck Bier. Der Herbst und der Winter waren eine betrübliche Zeit, aber er war kompromissbereit. Sie musste ja keine Turbobrüste besitzen. Er war schliesslich auch nicht straff und knackig. Die unzähligen Berliner zum halben Preis hatten manche Kalorie auf seinem Bauch abgelegt.

Doch sein Ego meldete sich vehement. Er belog sich, wenn er sich einredete, dass er auf einer gesunden Matratze schlafen wollte. Das war es ganz sicher nicht. In Wirklichkeit wollte er hemmungslosen Sex.

Vielleicht hätte er die kalte Jahreszeit in Spanien verbringen sollen. Dann hätte er nicht bei zehn Grad Celsius unter der Decke liegen und sich die Finger abfrieren brauchen, weil kein einziger Rappen mehr für die Gasheizung übrig war.

In der Stadt konnte er sich in der Bibliothek aufwärmen und für einen Franken einen Kaffee trinken. Aber da war die Aussicht, eine willige Frau und einen warmen Platz für den Winter zu finden, gleich null.

Er schaute auf die Uhr. Zwei Stunden sass die rückenfreundliche Matratze nun schon da und spielte mit ihrem Smartphone. Sie war ziemlich sicher emanzipiert, womit er schon mal seine Mühe hatte.

Nochmals schielte er zur Badewanne. Die war knackig. Doch bei ihr bestand die Gefahr, dass sie ihn am Wochenende zum Einkaufen schickte, geräucherten Lachs, Spinat, natürlich alles bio.

Seufzend verabschiedete er sich von den verheissungsvollen Brüsten und wandte seine Aufmerksamkeit wieder Kandidatin zwei zu.

Sein zweites Bierglas war noch halb voll. Sie nippte jetzt am dritten Cocktail. Einen vierten Drink könnte er ihr auf keinen Fall bezahlen.

Vielleicht könnte er auch bei ihr zuerst ein Bad nehmen und ein bisschen nasse Erotik treiben. Der Schaum würde die Dellen ihrer Oberschenkel und die schlaffen Brüste kaschieren. Und wenn sie dann auf der Matratze lagen, würde er einfach die Augen schliessen und etwas zusammenfantasieren. Schliesslich war er auch zu Mittelwegen bereit.

Er griff nach seinem lauwarmen Bier und machte zwei Schritt Richtung Winterwohnung. Eine strahlende Jugendliche trat in die Bar, schlenderte zur rückenfreundlichen Matratze. Diese erhob sich und umarmte und küsste die blühende Jugend. Es war offensichtlich, dass sie nicht bloss beste Freundinnen waren.

Es war Herbst. Immer noch. Und das würde so bleiben. Bis zum nächsten Frühling.

24. WAS ICH VON DEN BÄUMEN LERNTE

Da stand ich also und sagte: «Hallo, Tanne.» Ich schaute den himmelhohen Baum hinauf. Ich kam mir in meinem Dastehen etwas sonderbar vor. Deshalb wiederholte ich meinen Satz und stellte mich vor: «Ich bin Morena.» Zehn weitere Minuten des Wartens auf eine Antwort vergingen. Aber die Tanne sprach kein Wort. Sie verharrte ungefähr so regungslos wie ich. Vielleicht wollte sie nichts von mir wissen und grüsste mich deshalb nicht.

Es war Winterszeit gewesen, als ich wieder einmal von Menschen gelesen hatte, die mit Bäumen redeten. Das wollte ich auch versuchen. Und weil ich nicht völlig unwissend vor einem Baum stehen wollte, kaufte ich ein halbes Dutzend Bücher über Bäume und die Möglichkeit der Kommunikation mit ihnen und war während der ganzen dunklen Jahreszeit beschäftigt, diese grünbraunen Naturwunder lesend kennenzulernen. Ich erfuhr von Baumriesen, die seit siebenhundert Jahren auf die Welt blickten, die zäh allen Gewittern und Stürmen trotzten und duldsam die sengende Hitze ertrugen. Einige hatten zugesehen, wie die ersten Menschen in ihren Wald kamen und begannen, ringsum die Bäume zu fällen. Für Feuer, den Herd, Kohle und für Schiffe, um die Weltmeere zu durchkreuzen. Ausserdem für Pfeil und Bogen zur Beutejagd der Tiere ringsum oder fernab in einem Krieg. Einige der Menschen suchten auch die Nähe zu den Bäumen. Sie feierten Feste und Rituale in den Hainen, die sie mitunter als heilig betrachteten. Manchmal waren sich die Menschen selbst fremd. Es war ihnen abhandengekommen, wer sie waren, was ihnen wichtig war oder was sie als nächstes tun sollten. Sie wussten den Weg nicht mehr, den sie als nächstes in ihrem Leben gehen wollten. Also suchten sie die Hainbuche auf – denn diese war stets so, wie sie schon immer war, und ruhte in sich selbst. Tag für Tag war sie schlicht und einfach eine Hainbuche, ohne sich zu fragen, wer sie sonst hätte sein können.

Sie war ein Baum, und Bäume waren nun einmal immer bei sich. Die Menschen lehnten sich also an ihren Stamm. Sie konnten so wieder ruhiger atmen und mit der Zeit wieder gelassener über alles nachdenken, was sie verwirrt hatte. Und dann fanden sie auch wieder ein Stückchen weit den Weg, den sie zu gehen hatten.

Auch ich verirrte mich nicht selten in Gedankenpfaden, die nirgendwohin führten. Und als der Winter vorbei war und das Universum im März wieder etwas Frühjahrssonne schickte, war es Zeit, den Wirrwarr in meinem Kopf zu entknoten. Ich machte mich auf den Weg zu den Bäumen. Hainbuchen gab es keine, wo ich den Berg hinaufstieg, aber mein Herzschlag beruhigte sich. Mein Körper wurde etwas träger und die Seele gelassener. Und nur schon die Tatsache, dass ich gerade soeben den Weg kannte, den ich gehen wollte, brachte das Karussell in meinem Kopf zu einem gewissen Stillstand.

Die Luft im Wald war frisch und süsslich. Es roch nach Neubeginn, Freiheit und leichteren Zeiten, und das zupfte mir die Winterlast von den Schultern.

Ich hatte mich sehr nach einem Frühlingstag gesehnt, und als ich jetzt da war, in diesem Wald, und unbeschwert atmen konnte, spürte ich, wie sich der Knoten in meiner Brust löste, und eine Kraft, die ich schon lang nicht mehr gespürt hatte, führte mich mühelos den Berg hinauf.

Nach zwei Stunden Wandern unter dem wolkenlosen Himmel war ich da. Ich stellte meinen Rucksack auf den Boden und schaute die Tannen an. Sie blickten majestätisch über die Hochebene. Und sie waren schön. Die Nadeln strahlten in einem dunkeln, kräftigen Grün, die Spitzen der Triebe leuchteten hell, die Äste waren schwer und stark, und die Wurzeln rankten weiterum über die Wiesen.

Ich suchte mir eine aus, die ein bisschen abseitsstand. Ich hatte noch nie mit einem Baum gesprochen. Ich setzte mich vor der Tanne auf den Boden und schaute zum Wipfel hinauf.

Meine Stimme klang ziemlich verloren, als ich meinen Gruss-satz sagte: «Hallo. Ich bin Morena.» Nun lauschte ich auf eine Antwort.

Ich bin kein besonders spiritueller Mensch. Das betrübte mich manchmal, denn ich stelle mir vor, dass besonders animierte Menschen eine, zwei oder vielleicht sogar drei Dimensionen mehr haben. Während ich die Tanne über mir anblickte, fragte ich mich, ob sie meine Gegenwart spürte. Natürlich nahm sie die Sonne wahr. Mochte sie den Regen oder den Wind? Wie fand sie den Schnee? Was dachte sie, wenn sie Flugzeuge hörte? Oder was wusste sie über ihre Bewohner, die Vögel?

Es gibt Menschen, die sagen, dass die Welt von Gott erschaffen wurde und er allem eine Seele einhauchte. Manche finden, dass alles Lebendige miteinander verbunden ist.

Als ich vor der Tanne sass, mein Blick direkt auf ihren mäch-tigen Stamm gerichtet, erforschte ich mein Herz und ich suchte nach dieser Verbindung.

Ich sah zum Himmel und zur Sonne. Ich spürte den Frühling auf meinem Gesicht. Doch in mir blieb alles stumm.

Ich dachte an die Bücher über die Bäume, die ich gelesen hatte. Ich grübelte auch über das nach, was die Menschen als Seele bezeichneten. Doch das Einzige, was ich spürte, waren der Frühlingswind und etwas Wärme. Ich legte meine Hand auf die Wurzeln der Tanne. Ich ertastete die Festigkeit des Gehölzes. Schliesslich fragte ich sie auch, wie es ihr so gehe.

Als ich die Bücher über Bäume las, hatte ich gedacht, wenn ich dann mal einen Baum träfe, würde ich ihm aus meinem Leben erzählen und ihn fragen, welchen Rat er mir geben könne. Aber nun getraute ich mich nicht richtig, von diesem oder jenen Dingen aus meinem Leben zu berichten, denn irgendwie kam es mir nicht richtig vor, die Tanne vollzuschwätzen. Die Ruhe, die mich und die Tanne umgab, war einfach zu würdevoll. Der Lärm, der mich daran erinnerte, dass ich Teil eines grossen Getriebes war, das sich beständig fortbewegte und in die Zukunft strebte, fehlte ganz an diesem Nachmittag hier oben. Eine Aufgabe, die drängte, gab es in diesen Augenblicken gerade nicht. Ich dachte nicht allzu sehr an morgen oder was kommen würde. Aber ich schaute auch die anderen Tannen an, die zum Himmel hinauf gerichtet waren. Sie waren ebenso ruhig, gross und mächtig, und ich fühlte mich auf eine akzeptable Art klein angesichts ihrer Statur und noch viel mehr aufgrund der Jahrzehnte, die sie schon hier verwurzelt waren. Ich wünschte mir nun, genauso in den Frühlingshimmel hinaufzuragen. Ich träumte mir gleich kräftige Wurzeln herbei. Es stellte sich allerdings die Frage, ob ich denn auch die Geduld gehabt hätte, Tag für Tag jahrzehntelang an meinem Platz zu stehen und ohne Schutz Wind und Wetter ausgesetzt zu sein. Die Tannen waren naturgemäss geduldig und nahmen alle Tage und Jahreszeiten gelassen hin, wie sie kamen. Diese Fähigkeit hatte ich nicht.

Ich rebellierte regelmässig gegen die Lebenswillkür. Meistens wollte ich das Unverrückbare ändern. Einmal klein beizugeben, fiel mir schwer. Ich hatte wenig Geduld, und oft ging mir im Leben alles zu langsam. Ich wollte alles schneller erreichen und verhedderte mich dabei.

Ich sass schon eine ganze Weile vor der Tanne, aber sie hatte das Wort nicht an mich gerichtet. Gedankenverloren betrachtete ich sie. Ich bewunderte sowohl ihre Schönheit als auch ihr Gleichgewicht. Von beidem hätte auch ich gern etwas mehr gehabt, um die Dinge einfach anzunehmen, wie sie waren, und nicht mehr zu rebellieren gegen die Gegebenheiten. Schliesslich stand ich auf und klopfte mich ab. Ich schulterte meinen Rucksack. Dann verneigte ich mich vor der Tanne und sagte Danke. Es klang noch immer nicht bedeutender als vorher in der Einsamkeit der Anhöhe und im Angesicht ihrer Würde und der ihrer Kolleginnen. Ich aber trat aus dem Schatten hinaus. Die funkelnde Frühlingssonne empfing mich, und ich setzte meinen Weg fort, über weitere Hügel und nochmals an mancher Tanne vorbei.

Es war ein wunderbares Wandern unter dem freien Himmel. Immerhin die Last des Winters hatte ich abgestreift wie eine alte Haut. Wieder dachte ich an meine Lektüre in der Winterzeit. Warum hatte ich nur die Stimme der Tanne nicht gehört? Aber da kam, als ich weiter durch die Stille ging, ein Gedanke hergeflogen. War die Sprache der Bäume etwa das Schweigen?

Vielleicht war es ja dies, wozu die Bäume mich ermahnten: Schweige und erhorche die Stille! In einer Welt der Motoren, Schreie, Wachstumsgier und Auseinandersetzungen war Stille ja das kostbarste Gut.

Deshalb hatte es mich sowieso immer wieder auf die abgelegenen Hügel oder in die Wälder gezogen, weil die Stille eine Umarmung des Friedens, des Trosts und der Geborgenheit bedeutete. Während der Wintermonate hatte ich gedacht, dass ich mit Bäumen reden und ihnen aus meinem Leben erzählen könnte und sie mir dann antworten würden, wie eben auch Menschen unter sich sprechen. Aber je länger ich noch durch den Tag und in die Zeit hinein schritt, desto mehr kam ich zum Schluss, dass die Sprache der Bäume das Schweigen war und dass die Ruhe, die ich nun erlebte, ihre Antwort darstellte.

Die Tanne hatte natürlich doch zu mir gesprochen, aber anders, als erwartet. Und das war wohl der entscheidende Punkt, dass ich mit einer festen Erwartung vor der Tanne gestanden hatte.

Vielleicht war es auch wie in meinem Leben, dass meine Vorstellungen mit der Wirklichkeit zankten. Immer war da eine Stimme laut, die mich beeinflusste und lenkte. Vorhin aber, als es um mich still gewesen war, während ich bei der Tanne sass, hatte ich die Wirklichkeit unverstellt betrachtet. Der Stimmenstreit hatte innegehalten. Und so hatte sich auch meine Seele geglättet, und ich hatte einfach den Nadelduft geatmet, der da war, und als mich nur noch das Schweigen beschäftigte, besänftigte das auch mein Herz.

Am Ziel meiner Wanderung war ich zufrieden. Mein Lebenshunger war für den Moment gestillt. Ich hatte vom Frühling gekostet. Geschmeckt hatte er leicht, fruchtig und blütenhaft. Auch beim Einschlafen dachte ich an die Stille und das Tannenschweigen. Ich dankte nochmals in die Nacht hinaus. Die Geborgenheit und das Aufgehobensein an meinem Platz vor der Tanne waren noch immer da. Die Zuversicht, die mir die Tanne auf den Weg gegeben hatte, trug mich immer noch.

Ich entschlief mit der Gewissheit, dass doch etwas Gemeinsames zwischen mir und den Bäumen bestand. Ich konnte nämlich, wenn ich wollte, mit ihnen schweigen. Das war's, was ich von den Bäumen lernen konnte: Schweigen und gelassen durch die Zeit gehen und mich nicht gegen jede Tatsache auflehnen.

Die Bäume waren geduldig. In ihrem Schweigen waren sie ebenso weise. Sie wussten mehr über den Lauf der Welt, den Mond und die Sterne, und sie kannten sogar besser, was mir guttat. Während ich schlief, wachte die Tanne draussen über die Nacht.